文治
© wénzhì books

更好的阅读

幻色江户怪谈

幻色江戸ごよみ

〔日〕宫部美雪 著
宮部みゆき
〔日〕茂吕美耶 译

北京联合出版公司
Beijing United Publishing Co.,Ltd.

目录

Contents

第一篇

鬼子母火

一

岁末二十八日晚，当伊丹屋所有人都熟睡时失火了。不巧那晚北风强劲，而且近十日来滴雨未下。若不是一向浅睡的掌柜藤兵卫卧室离起火点的佛龛房很近，被一丝烟味惊醒了，那么在这离新年只剩三天的夜晚，伊丹屋的所有人很有可能露宿街头了。

厨房后面土仓房一旁，铺子为佣工增建的榻榻米房内，阿丰和阿胜并排着枕头睡。“失火了！”听到有人如此大喊，阿丰从被窝里惊醒了，她摇醒阿胜，阿胜仍一副睡眼惺忪的模样。阿胜离开近郊的家，只身来到江户，上个月刚进伊丹屋做事，虽说都十二岁了，但事事都显得十分笨拙，阿丰看她那模样，不禁气急败坏地大吼：

“你等着被烧死吧！”说完便冲到走廊。

自阿丰背着只有几件旧衣服的包袱到江户做事以来，至今三十年了，她曾遇到过几次火灾，也曾被火星子喷到，可是那些都是先听到火警钟声才得知失火了，也就是别处的火灾。阿丰做梦也没想到，这回的起火点竟是伊丹屋，大喊失火的竟是在伊丹屋的岁月仅次于自己、且平素最为人所信任的藤兵卫。

比起火灾，这更令阿丰胆战心惊。怎么会这样？我的伊丹屋竟然失火了，这教人有什么脸面对老天爷？

由于冲得太猛，阿丰左冲右撞地一路朝藤兵卫跑去。其他佣工也冲了出来。当阿丰从聚集在佛龛房的大伙儿的头顶上听到毕剥的燃烧声时，她吓得目瞪口呆，因为发生了令人难以置信的事。

起火的是神龛。

在新川这一带鳞次栉比的酒批发商中，伊丹屋并非历史悠久的铺子。据说，明历振袖大火[1]之后，从京都船运而来的酒，开始在介于日本桥川与大川之间的河道卸货，对阿丰来说那是遥远的往事，而日后开创伊丹屋的上上代老板，当时还未踏进江户，仍在遥远的伊丹某处种田。伊丹屋自在此地兴盖土仓房开铺子独立以来，不过四十年左右而已。

然而，反过来也可以说在仅仅四十年内，伊丹屋便发展成目前的大铺子。酒批发商工会非常团结，元禄时代[2]以来，彼此横向联手，建构出一套独立的上下顺序与力量关系，互相撑持生意。外地人想

[1] 一六五七年。

[2] 幕府第五代将军掌权时代。

插足，肯定会饱受种种不合理的艰辛。这不像夹杂于一般铺子的蔬菜铺或鲜鱼铺，只要会做生意就行了。这跟木场的木筏师踩着河面的木材过河一样[1]，需要微妙的技巧和洞察先机的眼光，以及衡量事物变动的敏锐力。

基于这种不断累积的艰辛，伊丹屋的生意才能越做越大，而阿丰正是和伊丹屋一起走过这大半的艰辛路程。阿丰自孩提时进伊丹屋当下女以来，直到成为下女总管使唤年轻下女的今日，她一直待在伊丹屋。每年临近岁末之时，顺着新川驶来的舢舨，总会传来壮工通报来自滩[2]或伊丹的酒已抵达的吆喝。在伊丹屋做事的阿丰，每年听着这些抢先卸货的吆喝，逐年感到骄傲，至今也仅对此事感到无限欣喜。

而这伊丹屋要是被火吞噬了，所有的辛苦将化为乌有。酒批发商工会的老干部，也会因陈放在新川这一带土仓房里的无数富士见酒毁于不雅的烟熏，而绝不原谅伊丹屋。也因此，起火点是神龛，而且只烧焦佛龛房的天花板就扑灭了，可以说是不幸中的大幸。

"唉，虽然我也认为幸好没酿成大祸……"

藤兵卫环抱着瘦削的胳膊，说得有点含糊。与其他生龙活虎的壮工不同，藤兵卫是靠算盘爬到今日的地位的。他身材瘦弱，要是被管理二十几人的大家庭并且还要做粗活的阿丰以粗壮手臂用力一

---

[1] 幕府令所有木材批发商将木材聚集在木场，木材都搁置水中，木筏师用前端有铁钩的长竿钩木材，再于水上用双脚滚动木材的方式搬运。

[2] 兵库县神户、芦屋、西宫三市的合称，是日本最大的酿酒产业地带。

推的话，恐怕会飞出去。

“虽然……什么意思？”

发生小火灾的翌日，吃过早饭，藤兵卫一脸若有所思的样子，把阿丰叫到井边，接着，以一副难以启齿的样子低声咕哝着前面的话。

阿丰和掌柜颇有交情。她知道对方这副模样，必定有重大的事，而且是只能对她说的事。

与三十年前背着只有几件旧衣的包袱来伊丹屋做事的阿丰一样，藤兵卫也是赤手空拳自学徒做起，一直为上一代老板效劳。五年前上一代老板过世后，由事事都与父亲顶撞的当今老板继承家业时，众人都说，藤兵卫或许会辞职，不料他却若无其事地待到现在。

阿丰认为，这男人也跟自己一样，都是伊丹屋的顶梁柱。即使老板换人，或任何女人嫁进来坐上老板娘的位子，都无所谓。因为大家都是为伊丹屋做事。

“老实说，我在火灾后整理现场时，发现了很奇怪的东西。”

藤兵卫向阿丰招手，带头走向水井前堆放柴薪和引燃物的后院。他在柴堆旁蹲了下来，自怀中取出纸裹着的细长东西。

那东西自纸端露了出来，阿丰立即明白是注连绳[1]。

“这是没烧完的？”

“烧了一半。因为及时泼了水。”

[1] 以草绳编制的驱邪结绳。

藤兵卫在阿丰面前打开纸包。纸包里是一条被熏黑且濡湿的烧剩的注连绳。注连绳的一端已松脱，看似就要松开了。

“老板娘说不吉利，叫我拿到神社请人烧掉。”

阿丰心想，叫藤兵卫这种大忙人的掌柜做这种事，果然是老板娘的作风。她是个千金小姐，完全不懂商家家务。她嫁进来已经三年了，因膝下无子，上面又没有公婆，至今仍像个未婚姑娘，离新年只剩三天，却只担心元旦要穿什么新衣服。

“你看看这儿。”

藤兵卫指的是注连绳松散的部分。原本搓成绳子的地方松开了，露出缝隙。

缝隙间夹着看似白色纸捻的东西。

“你能不能拿出来看看？”

大概是藤兵卫之前摸过了，纸捻的一端已经松开。阿丰伸手一碰，立即明白那是什么，不禁叫出声来。

“这是什么？好恶心！”

夹在注连绳里面的纸捻包着头发。

“很奇怪吧？”藤兵卫皱起眉头望着阿丰，“用纸捻包着头发，再将纸捻塞进注连绳。到底是谁？又是为了什么？而且昨晚又发生小火灾。”

“掌柜的，你认为这头发和那火灾有什么牵连吗？”

阿丰认为那场小火灾是忘了熄灭神龛灯火而引起的，绝无其他原因。

伊丹屋的家务归阿丰管，但仅有佛龛是老板娘的工作，包括点燃和熄灭佛龛的灯火。因此，昨晚的小火灾，大概又是老板娘忘了熄灭灯火的关系——阿丰心想。当然，她没有明白说出来。

可是，藤兵卫却摇着头说：“我也觉得可能是这样，所以问了老板娘。问得相当仔细。但老板娘说，昨晚风很大，她特别小心火烛，佛龛房内的灯火确实都熄灭了。她那个样子，不像说谎。”

“但这么一来，不就是没有火的地方竟然起火了？”

“所以我才觉得这注连绳很可疑……”不知是否对自己的这个想法没把握，藤兵卫一脸苦笑，“我当然不知道详细情况。不过，这头发，一定有什么问题吧？看来好像有人想对伊丹屋报仇，才偷偷做出这种不知下了什么诅咒的事，所以才会从这儿发生鬼火烧掉神龛吧？”

阿丰一直觉得，藤兵卫这男人大概认为世上没有算盘算不出来的事，因而这话让她更感意外。哦，看来他也有这种令人出乎意料的一面——竟说出这种怕鬼孩童才会说的话来。

“掌柜的，我会先想想更平常一点儿的事。”

“什么意思？”

“是谁买这注连绳的？在哪儿买的？又是谁在什么时候怎么布置的？我想先知道这些。”

藤兵卫的脸突然抽搐了一下，他说：“是我买来的。”

“哎呀，是吗？”

“是老板亲自吩咐我的。明年不是我的干支年嘛。”

明年正是藤兵卫的花甲之年。

“新年的装饰品是吉祥的东西，老板说让我去买比较好。”

虽然老板才三十出头，但对这种事很迷信。

“是昨天中午过后买回来的，之后大家马上动手布置。因为除夕当天布置的话不吉利。当时我也帮忙了。所以你想知道的事，我现在就可以告诉你。可是，知道了又怎样？就能知道是谁将头发塞进注连绳的吗？”

“不是，我不是那个意思。”阿丰抖动着肩膀笑道，“知道的话，就可以确定伊丹屋的人不可能将头发塞进注连绳。”

藤兵卫舔了舔被寒风吹干的嘴唇，他接着问：“那，这注连绳怎么会在伊丹屋……”

“只是偶然吧。做这种缺德事的，肯定是制作新年装饰品的代工。嗯，虽然不知道对方是什么居心，也许只是故意捣蛋而已。总之，如果不是在我们这儿着火了，这注连绳在新年期间大概会被布置在神龛上，等过完年再拿到神社焚烧。这样一来，不就不会被发现里面塞了头发吗？”

“照你这么说，那场小火灾一定是有正常的火源？”

“火源哪有什么正不正常。”阿丰笑道，“掌柜的，我只是很难相信有鬼火那种东西。”

“嗯，你说的的确有道理。”藤兵卫耸了耸单薄的肩膀，“不过，我还是觉得不吉利。”

二

卖装饰品的，通常是架子工工会的会员或土木建筑工人，仅于岁末时搭棚子做生意。藤兵卫今年是在大川旁的一个棚子买回伊丹屋那套装饰品的，棚子小贩是小网町的架子工。

阿丰和藤兵卫一起去了那个棚子。穿过岁末忙碌的新川町，直至大川旁的这段路，匆匆忙忙的人群中，只有挂在屋檐下摇曳的新年装饰品显得格外沉静。

两人很快找到那卖装饰品的棚子。对方也记得藤兵卫，马上开口说："伊丹屋吗？"那男人嘴角有个大烧伤，虽然个子矮小，看起来却十分机灵，年约四十，说话声音低沉，笑声却很亮。

男人立即坚决否认，说这里绝对没有人可以把东西藏在注连绳里，或动手脚。

"因为我一直在这儿睁大眼睛盯着。"

"这种东西是从哪里进货？"

"附近的话，砂村那一带就有，远一点儿的话，也有人从佐原那边采买。反正近郊的村子，一到冬天，大抵都在做这种副业。"

"做这种副业的人，有没有在吉祥物注连绳上面恶作剧的情况？"

架子工对藤兵卫的提问，发出响彻岁末晴空的笑声："虽然有可能，但那又怎样？注连绳是神的东西吧？在神的东西上做缺德事，受天谴的应该是那个人，怎么可能是买注连绳的伊丹屋！"

藤兵卫喃喃自语地说有道理。阿丰笑道：

“是啊！说得也是。”

二人回到伊丹屋，说好了分别向铺子里的所有佣工单独问话——在场一起布置的人、布置时不在现场的人、布置前曾看到搁在榻榻米房里的注连绳及装饰品的人。

不过，在这种除夕前的忙碌时刻，他们只能利用工作之余四处问问而已，根本无法仔细盘问，所以不免有漏网之鱼，阿胜正是其中之一。

由于阿胜还是个孩子，不放心让她一个人，所以与阿丰同住一个房间，而且为了避免其他下女虐待她，阿丰认为直到她更独立之前，让她待在自己身边比较好，这才决定让她和自己同住。也因此，阿丰凡事都没把阿胜算进去。这回也是。阿丰心想，晚上回房睡觉前问一下就好了。反正那孩子也说不出个所以然来。

因为阿丰是这么想的，所以那晚听到阿胜不见了，似乎是逃跑了的消息，阿丰顿时说不出话来。

以孩子的脚力，又是平时不熟悉的江户夜路，打一开始就不可能成功。阿胜逃跑后，不到四分之一个时辰，就被町大门门卫发现，将她送了回来。据门卫说，发现阿胜时，以为她是迷路了。由此可见，阿胜看起来是多么弱不禁风。

关于这回的小火灾和注连绳的事，通常是先由藤兵卫处理，经过种种衡量，除非万不得已，否则不会惊动老板。就这点来说，藤兵卫并非只是负责生意的掌柜，可以说是伊丹屋的支柱。藤兵卫带着被送回来的阿胜回到邻近佛龛房的自己房间，让阿胜在火盆前取暖，等身子暖和了，先安慰仍在流泪的阿胜，说是老板和老板娘都不知道你逃跑的事，不用担心被赶出铺子或被处罚。阿胜在藤兵卫这么安慰时，仍抽抽搭搭地哭个不停。

阿丰拿了两个小饭团，另加一杯白开水，递到阿胜面前。

“肚子饿了吧？先吃饭。”

但是阿胜却迟迟没有伸手去拿。

“吃不下吗？如果你心里很难过，那就先说出来好了。为什么要逃跑？说出来好不好？”

藤兵卫双手揣在袖口里，为难地不断皱着眉，最后问道：

“我说阿胜啊，你逃跑是为了……选在今天逃跑，是想在家里过年……想跟阿爸、阿母一起过年吗？”

阿胜依旧一味抽抽搭搭地哭。

“还是，有人虐待你，你才一时冲动跑出去？”

对阿丰的这个问话，阿胜虽然眼泪簌簌掉，却仍用力地摇头。

阿丰看着藤兵卫，而他则看着掉在阿胜小手背上的泪珠。

“那，阿胜，”阿丰又问道，“这样的话，你今晚逃走是不是因为昨晚的小火灾？”

阿胜瘦弱的肩膀僵住了。她仿佛想压抑身子的颤抖，用力撑着搁在膝上的双手。

“再说得明白点，是为了昨晚的小火灾和藏在神龛注连绳里的头发……是不是？”

阿胜一听，终于崩溃了似的，哭得更厉害了。啊，果然猜对了，阿丰暗忖，与藤兵卫互看了一眼。

“哭久了，小心眼睛会瞎掉。”

要从还留有乡音、哭得喘不过气来的阿胜口中问出话来，真是大费周折。

“是你把头发藏在注连绳里的吗？”

阿胜边打哆嗦边点头说：“是。”

“为什么呢？”

阿胜咕噜一声地吞咽之后，小声回答：“我认为这样可以供养——”

“供养？”藤兵卫瞪大双眼。

“那头发是谁的？”阿丰问道。

“是我……阿母的。”

三

阿胜生于水乡的贫穷农家，在六个兄弟姐妹中排行老幺。因为穷得三餐不继，阿胜搞不好会被卖到那种地方。因此，谈妥了可以到伊丹屋做事，她真的觉得很幸福，从没想过要对铺子做出那种恩将仇报的事。

大约两个月前——就是刚谈定阿胜到伊丹屋做事后不久，阿胜的母亲突然病倒。那时，水乡那一带流行骇人的时疫——发高烧，难过得呻吟不已，频频想喝水，喉咙像塞住了般，染病后不到十天便会死去。阿胜的母亲正是染上了这种病。

无论接连死了多少人，代官所[1]也不会关心这种贫穷村落。只是，当外面开始谣传这病似乎会传染时，代官所才总算有所行动，几度派来公役，也只是敷衍了事地调查而已。

在这些公役之中有位医生，但在缺乏代官所支持的情况下，医生根本无法独力照顾那么多病人。不过，这位医生仍对痛苦、恐惧的村民提出几个忠告。

不能用病人用过的碗筷吃饭，不能喝生水，其中最重要的忠告是不能将得这种病的死者直接土葬。医生说，这是他到长崎游学所得的知识，只要坚守这几点，时疫终会平息。

村民慌不择路地相信医生的话。将近半数的村民因这个病病倒了。众人商议之后决定，为了避免村人死绝，再怎么严苛也必须遵守。正因如此，不久，没接受任何治疗的母亲过世时，阿胜不但得忍受失去母亲的悲伤，还得忍受用火烧母亲遗体的痛苦。

这个村子没有火葬的习惯。生前十分疼爱阿胜的祖母、阿胜七岁时早夭的哥哥，都长眠于村子尽头坟场的土馒头里。哥哥的身体在这泥土里，从泥土里会开出花、长出草来，让阿胜快乐，陪阿胜玩，哥哥哪儿都不去，一直都在这里——哥哥去世时，这么告诉阿胜的

---

[1] 幕府直辖地的地方官署。

正是阿母。

这叫阿胜如何承受得了用火烧掉阿母呢？要是烧掉了，阿母就不能睡在泥土里，也不会开出花来。要是把阿母烧成灰，以后感到寂寞时，阿胜不知道要去哪里找阿母，所以阿胜哭着反对烧掉阿母。

然而，父亲却严厉地教诲阿胜。

“阿母知道自己患了什么病。她拜托阿爸，说她死了之后，一定要烧掉她，绝不能让孩子们被传染。”

既然阿爸都这么说了，也就无可奈何。阿胜只能望着燃烧阿母身体的火焰，目送冉冉上升的青烟。因为穷，出殡时也没请和尚念经。

阿胜心想，阿母生前真的希望这种寂寞的葬礼吗？她真的希望烧掉她吗？

大概是因为阿胜心里有这个疑惑吧，阿胜瞒着父亲，在燃烧遗体之前，偷偷剪下母亲的头发，藏在纸捻里，随身带着。她将纸捻缝进衣领，因此，阿母的头发从未离开过阿胜的身边。

之后，阿胜来到了江户。

“我明白了。”阿丰说道，“可是，你将那么重要的头发藏在注连绳里，怎么就是供养呢？”

“我们家很穷，丧事也办得很仓促，所以阿母没有好好地接受念经，也没有让大家上香。”阿胜结结巴巴地说，“所以，我看到注连绳时，想到一个主意，如果将头发藏在注连绳里，不但可以搁在神龛上，也可以接受大家祭拜，而且还有灯火，还有布置的绿叶，还有供奉的年糕。”

藤兵卫叹了一口气：“嗯……”

“过完年拿下注连绳时，我打算偷偷拿出头发，缝回衣领。”

“那，你是在藤兵卫掌柜买回来之后，老板动手布置前塞进去的？”

阿胜点点头，接着又说那很简单。原来她家每逢冬天便经常做这种装饰品副业。

“你的心情，我们都明白了，别再哭了，好吗？”听完阿胜的话，藤兵卫如此安慰阿胜，“要不要吃饭团？还是带回自己房间吃才吃得下？”

阿胜眨着哭得通红的双眼。

阿丰往前挪了一步，悄声地说：“我说啊，阿胜，你阿母的头发和那注连绳没有全部烧掉。”

阿胜睁大眼睛，小小的右手抽动了一下。那手的动作意味着，希望阿丰马上把剩下的头发还给她。

可是，阿丰徐徐地摇着头说：“阿胜啊，你认为昨晚为什么会发生小火灾？”

藤兵卫抢在阿胜之前脱口而出：“可是，你不是说不相信那种事吗？”

阿丰故意不理会藤兵卫，望着阿胜说：“那场小火灾的起火点是注连绳里你阿母的头发。一定是这样，绝对没错，因为没有其他会起火的东西。”

“会不会是灯火……”阿胜怯怯懦懦地说。

“不，不是。灯火熄了。没有别的会起火的东西。是你阿母的头发着火了，所以注连绳也跟着着火了，神龛也就着火了。事情就是这样。那，你知道为什么头发会着火吗？不，你知道是谁让头发着火的吗？”

阿胜默不作声。

“其实啊，是你阿母。是你阿母的灵魂让头发着火的。”

阿丰弯着上半身，望着阿胜那小小的脸庞。

“因为你阿母很担心只要留下一点儿东西，很可能会把病传染给心爱的女儿，所以生前不是说要你们把她全部烧掉吗？可是你却剪下她的头发，藏在衣领里。你阿母真的高兴你这么做吗？阿胜，你仔细想想。”

阿胜眼角又溢出眼泪。

“你阿母啊，在你的衣领里不知有多担心哪。她一定很想早点烧掉自己，可是，又不能让你受伤。她在你的衣领里，没法烧掉自己。”

“结果，移到神龛后马上着火……”藤兵卫喃喃自语。

阿丰点头表示同意，她说：“所以啊，阿胜，我们还是烧掉那头发吧。明天在后院，我、掌柜、你，三个人悄悄把头发烧掉。边念经边烧。我教你念经。”

阿胜簌簌地掉着泪，连续点了好几次头。

阿胜离开房间后，藤兵卫不高兴地说："我说起火点可能是注连绳时，你不是根本就不信吗？"

阿丰抿嘴一笑地说："我现在也不信呀！"

藤兵卫大吃一惊："你说什么？那，你对阿胜说的都是胡说八道？"

"不那样说，那孩子就太可怜了。再说，既然知道了，那头发绝对不能不烧掉。"

阿丰利落地掸了掸衣摆站了起来："这样一来，注连绳的事也解决了。至于小火灾，我还是认为起火点是灯火。今晚开始，我每天睡觉前会偷偷地去确认一下佛龛房的灯火。"

阿丰走出榻榻米房时，身后传来藤兵卫不知在嘀咕着什么的声音，听起来好像是说："真是倔强的人……"但是阿丰没有回头。

四

翌日除夕夜早上，阿丰依照约定在后院生火，祭拜阿胜母亲的头发。阿丰教阿胜合起小小的手掌，并教她念经。藤兵卫也走调地一起念着南无阿弥陀佛，之后，他的表情一整天都很严肃。

光烧注连绳的话，还是不太放心，因此又添上柴薪，这样火势应该够大了。烧完后的灰烬，全部集中起来，仔细埋在后院一角，并在上面搁置圆石做记号。阿丰知道，这个角落每逢春天便会稀稀落落地开出可爱的黄花。当阿丰向阿胜说“所以啊，你虽然人在这里，你阿母也会一直陪在你身边”时，阿胜终于露出笑容。

唯有一件事很奇怪。

明明这样处理了，不知为何，阿丰总会闻到一股烟熏味，那味道始终留在她的鼻子里不散。而且觉得头发也有烧焦味，即使洗过澡，换了衣服，仍摆脱不了那个味道。

简直就像被烟裹住了一样。可是，问其他人，对方总是说，什么都没闻到啊，阿丰大娘。

怎么会有这么奇怪的事？阿丰暗忖，或许是被小火灾惊吓过度了。

阿丰决定不放在心上，度过忙碌的一天。然而，就在忙完迎接新年的准备，除夕夜钟声即将响起之时，阿丰看到了令她不敢置信的东西。

事情发生在除夕的菜肴都准备妥当时，阿丰在厨房洗涤，那烟味依旧留在她的鼻子里。会不会是灶里有东西在焖烧？阿丰回头确认——看到了一直跟在阿丰身边、像雏鸟那般孱弱、只听从阿丰吩咐做事的阿胜身边像是飘散着薄烟。

阿丰呆立原地，在厨房微弱的灯火下，目不转睛地追着那薄烟。

那烟随着阿胜擦拭盘子、整理四方形膳盘的动作轻轻地飘荡，宛如裹着阿胜在帮助她。

隐约难辨的那阵薄烟，在阿丰的注视下，虽然只是瞬间，却清晰地呈现出娇小女人的身形。

这回真的不能对藤兵卫说。阿丰左思右想，犹豫不决，抱头苦思，好不容易才下定决心，于深夜单独来到后院。

后院地上有火痕，以及埋着灰烬的那块地面上的小圆石。阿丰调整呼吸。

“那个，阿胜的阿母。”

阿丰对着黑夜说道。她的呼气冻成了白烟。

“你是有牵挂吧。不过，阿胜的事，你可以放心。”

阿丰察觉自己的双脚使劲儿地踩在地面上，双手紧紧地环抱着身体。难道自己在害怕？

“我会好好照顾那孩子，全包在我身上。在我有生之年，我一定会好好照顾那孩子。”

不知道这番话有没有传达给对方。老实说，阿丰怎么会有这种突发奇想！这根本不像平常的她。为什么会认为阿胜母亲的灵魂还留在世上呢？

然而，阿丰还是继续往下说。

“直到那孩子可以独立自主、能够养活自己为止，我会负责照顾她。”

风在耳边低泣。是的，低泣的是风。

有小孩的人到底是怎样的心情呢？阿丰暗忖。无时无刻不把孩子放在心上，孩子是一种教人既担忧又甜蜜的存在。

是不是像自己在深爱的伊丹屋的日子那般？自己在这儿才有生存的意义，若是离开伊丹屋，一定会非常难受。难道是类似这种感受……

除了工作还是工作，心无旁骛地一直活到现在，最后终究没有孩子的阿丰，在心里继续想着。自己能不能理解阿胜母亲的心情呢？

“我可以跟你约定，真的。”

对着黑夜再三反复说的就只有这句话了。

不知阿丰的话是否传达到了，风，没有任何回应。可是，如此伫立了一会儿，直至脚趾和指尖都冻僵了，直至听到远处天边传来第一声除夕夜钟响，阿丰突然回过神时，才察觉留在自己鼻尖和身体四周的那股烧焦味消失了。

迈进新的一年了。阿丰缓步离开后院。

第二篇 红珠子

一

“今年终究还是没法到王子稻荷神社参拜初午[1]了。”躺在被褥里的美代如此喃喃自语，“每次到了初午，我总会病倒。然后每次都说，明年一定要去，明年一定要去。”

佐吉听着背后传来的这些话，将手中的锥子搁在一旁，挤出笑容回过头说：

“是啊，还有明年啊！王子稻荷神不会跑掉的。”

美代报以微笑，然而她却没回答“说得也是”，反而自枕头上微微抬起头来，一副远远探望佐吉手中的模样。

“那是什么？簪子吗？”

[1] 二月最初的午日，稻荷神社所举行的祭典。

"嗯，是的。正在做最后的加工。熏银不显眼，我在雕刻上下了一点功夫。"

"大杂院管理人说你的手艺是一流的。"美代像个少女，自豪地提高声调，"他说，你是大川这边最优秀的首饰师傅。"

"那还用说。"佐吉开玩笑地说道，还挺起胸膛。美代吃吃地笑着。

由于几乎一直卧病在床，鲜少梳发髻的美代在肩膀的地方束着长发，长发垂在胸前躺在被褥里。她身子本来就瘦弱，最近似乎连头发也变细了，头发看起来比以前少。察觉此事的佐吉暗吃一惊。

他成家至今已是第三个春天。在这些岁月里，仅有最初的半年，美代能如常起来做家事，偶尔还会帮佐吉工作。之后，直至今日，佐吉觉得好像都是坐立不安地望着美代，看着她的病情日渐恶化。

佐吉曾一度带美代去看医生，是在根津开业的医生，据说医术非常高明。为了筹措看医生的费用，当时佐吉瞒着美代，两天只吃一天饭，也因此，到了医生那里，医生还以为夫妻俩都是病人。

佐吉当时很失望。虽不知医生的医术好到什么程度，可是，医生连因不吃饭而消瘦的佐吉和因生病吃不下饭而消瘦的美代都分不清的话，看来这回好不容易才带美代来看病是白跑一趟了……

这位医生看了美代的病，说确定不是肺结核，但也诊断不出哪里生病。美代总是手脚冰冷、面无血色，长时间站立或走动，会因身子受不了而蹲下来，有时也会晕倒。佐吉家在大杂院里是最小的一间，包括土间[1]仅有五张榻榻米大，美代光是在这样的屋内拿扫帚打扫，也会喘不过气地脸色发青。而且她非常怕冷，连盛夏都要紧紧盖上被子才能睡，可是，在寒风呼啸的严冬，早上醒来反而出了一身冷汗。美代一一说着这些病况，但医生也只是抱着胳膊面露难色而已。

“如果你是生意兴隆的铺子老板娘，”医生讽刺地说，“我会诊断只是心情郁闷、神经衰弱，是一种富贵病。可是，你们夫妻俩怎么看都不像。大概是天生体弱吧！躺着不要太劳累，多吃点补品。”

医生对美代如此说道，然后唤佐吉到一旁，小声地补充说：

“我想，你媳妇大概心脏不好。这种病完全没办法。长崎那一带的话，或许可以找到医术高明的荷兰医生，但看病贵得吓人。你们花不起吧？”

医生边打量佐吉快磨破的外褂袖口和用旧手巾打补丁的衣领边如此说道。

“总之，如果你想让媳妇多活一天，就照我刚刚的话做。让她睡，让她吃，不要让她因生病而想不开。要是能买到高丽参熬汤喝，其实是最好的补药。”

佐吉只是表示“我会想办法”般行了个礼，什么都没说。高丽参啊，这要省下多少顿饭才能买到？而荷兰医生，除非佐吉有两辈子，不吃不喝一直专心工作，成了财主，否则根本不可能。

---

[1] 日本传统建筑的室内起居空间被区分成高于地面的地板，以及与地面同高的土间两个部分。土间通常使用三和土铺面，与屋外相连，是人进出之处，也会作为工作场所。现代日本民宅中已缩小为单纯用来脱放鞋子的玄关。

回程，佐吉用棉袄裹住美代的肩膀，垂头丧气地走回石原町的家。太阳即将下山。佐吉很想让美代坐轿子，但这位医生的治疗费比预想的多，怀里真的一文钱也没有。两人自早上起都没吃任何东西，在医生那儿又等了许久，身子早已又冷又累。

随风飘来的荞麦汤面味道；在摊贩前站着吃天妇罗或寿司的师傅打扮的男人；奉命出来买东西的小孩，端着一大碗在小菜铺买来的煮豆正打算回家——佐吉对这些光景故意视而不见，只是专心地走路。棉袄下冷得发抖、走在一旁的美代，应该也都清楚看到了，却没说半句肚子饿了什么的，这令佐吉悲哀得想哭。

“回到家，我来煮点东西，好久没煮饭了。”总算回到南割下水附近时，美代低声地说：“看了医生，心情好像快活多了。因为我根本没病嘛！只是身体比较虚弱而已。不要太劳累的话，往后我还是可以照顾你、煮饭什么的。等我恢复健康，也可以做点家庭副业。”

接着，美代拢了拢棉袄衣领，微笑地说：

“以后，也可以怀孕。”

佐吉也微笑地说“那当然”，然后在心里默默地说，脸颊会这样僵僵的，是因为傍晚的冷风……

此后他们再也没去看医生。但是，佐吉始终遵守根津那位医生的吩咐。他拼命工作，家事也做得还不错。可是美代依旧不见好转，不仅如此，甚至还越来越单薄。

佐吉渴望钱。只要有钱，想在这江户过什么日子都没问题。可以搬到阳光充足的大杂院，可以每天给美代吃两顿雪白的米饭，或煮得软软的稀饭，或鸡蛋和鸡肉，或当季的马鲛鱼。让她吃樱鲷生鱼片好不好？不是说时令新鲜的东西不仅可以避邪，还能滋养身子吗？

只要能多赚点钱。只要有钱，什么都买得到。

也可以初午祭时带她去参拜王子稻荷神社。就算美代的身子比较虚弱，只要有钱还是可以带她去。可以雇顶轿子，让她穿多一点，在那边找家旅馆，吃好吃的东西，悠闲地游山玩水……

两人结婚时，说好有朝一日要到王子稻荷神社参拜初午祭典。虽然到处都有稻荷神社，也到处都有初午祭典，但美代说她非到王子稻荷神社不可。

“听说那边不是有王子七瀑布，七处很漂亮的瀑布吗？神社也很壮观，而且听说神乐也非常出色，比其他任何稻荷神社都漂亮呢！”

美代婚前当过一阵子下女。她那时的身体就不太好，没多久就被送回家了，但那时同样是当下女的女孩里，有个从王子来的，似乎经常跟美代说王子稻荷神社初午祭典的热闹情形。美代听得心生羡慕。

因此，两人结婚前就时常说有朝一日必定要一起到王子玩，但至今仍未实现。

美代娘家虽是近郊的贫农，但在美代懂事之前，便搬到了江户。父亲和母亲都卖力地做临时工或计件的副业，养大了包括美代在内的四个小孩。

佐吉在首饰师傅家当徒弟时认识了美代，那时美代是师傅家的外包工，她的工作是负责搓圆装饰簪子的珠子。

值钱的珠子另当别论，但是大量采买的珠子，一般是在粗孔竹篓里放进一些小圆石，再花几天的时间摇晃竹篓，借由石子的摩擦让珠子逐渐变圆。这就是她的工作。佐吉小时候刚到师傅家当学徒时，也是每天做这工作，持续做了一两年。

因此，他深知这工作需要耐性，同时也知道这工作相当耗费体力。每天持续摇晃装着一大堆石子的竹篓，即使是大男人，一开始也会累得肩膀酸痛。当他知道，一看就十分孱弱的美代在做这种工作时，不但惊讶，同时也很心疼。美代每次送珠子到师傅家，或是领取材料时，总是显得很不舒服，或是很疲累。尽管如此，她脸上始终保持着开朗的笑容。

佐吉迷上了她的不畏辛劳。或许对她多少有些同情，但佐吉认为并非只是同情。所幸，美代也喜欢佐吉。

我想趁着成家离开师傅独立，一开始也许会比较穷——当佐吉向美代如此表露时，美代一如既往开朗地笑了出来，还拍着胸脯说：

“交给我。穷日子的话，我比你更知道怎么过。”

最初就是这样。那时两个人都认为美代身体虚弱一事，不会有太大的影响。

我要照顾美代——佐吉在心里暗暗发誓——给她完整的家、热腾腾的米饭、不华丽却漂亮的衣服。美代每逢身子不舒服，总是顾虑着父母弟妹，明明很想躺下来休息，却仍继续工作，真无法工作，就少吃点饭——佐吉想让美代脱离这种生活。这样美代就可以像以前那样经常面带笑容，那种发自内心的笑容。佐吉自信满满地如此暗忖，我一定要做到。他也想着要精进手艺，增加客户，踏实赚钱，有朝一日脱离大杂院的生活，再小也要拥有自己的房子。

这个梦想，只要佐吉身体健康就能努力地干活，应该不难实现。

要是世间没变成这样……

天保十二年[1]，佐吉和美代共组新家庭。也是在这一年，老中[2]水野大人开始进行改革，同时定下“取缔奢侈”的条令，禁止人民使用不相称的奢侈品——贩卖或制作豪华簪子、装饰梳子、烟管或烟盒等物品的，通通有罪。这对佐吉这种以商人为对象的首饰师傅来说，是致命的打击。

一些可以赚钱的高价首饰订单突然没了。佐吉供货的铺子是日本桥一家老字号的梳妆铺，连那儿也——不，应该说正因为是有名的铺子，上头管得更严，无法胡来，以致订制的都是些容易加工的廉价品，没什么赚头。而且，这样处处都是禁令的世间整体失去了活力，所有批发商的销售量都直线下滑。换句话说，连靠大量制作薄利的廉价品来撑日子也办不到了。

只要工作，努力精进手艺，就能赚钱过舒服的日子。佐吉一直抱持这样的信念，然而这个信念却事与愿违。佐吉的技术确实已经是一流的了，如今却无法发挥那一流的技术，而且，尽管仍然深信只要有技术就能照顾美代，现在却穷得连让美代吃顿饭也办不到。佐吉曾认真考虑过，干脆另外找些零工赚钱，但美代哭着阻止。万一因为粗活伤了手指，就再也不能当师傅了。要是将来禁令解除

---

[1] 一八四一年。

[2] 幕府主政者之一。

了，可以恢复自由工作时，不是要后悔莫及吗？

“真会有解除禁令的那一天吗？”每当佐吉这样说，美代总是以天生的开朗口吻回答：

“一定会。我们只要忍耐到那天就行了。”

然而，改革已经整整两年了，依然毫无解除禁令的迹象。前年年底，自从鸟居甲斐守大人任职南町奉行[1]，负责取缔奢侈品的物价调查总监公役反而查得更严了。

这位奉行大人，视幕府的命令为金科玉律，毫无商量的余地，犹如遵从主人命令朝人狂吠的狗，只管彻底执行禁令。他那种做事方式，与其说是无情，倒不如说是视伏在膝下的江户百姓为木头要来得恰当，净是漠不关心的冷淡，给人一种像在扑灭苍蝇的感觉。

他那做事方式和观念，并非只针对百姓，似乎连对御家人[2]也等同视之，因此广招民怨，听说很多武士都希望鸟居甲斐守垮台。可是，那也犹如耳边风，甲斐守依然稳居宝座，暂时不会有问题。但是他为了堵住这些有如火光迸溅般四处兴起的抗议，比以前更加严格地取缔和管束。

最近，与佐吉同行的人，甚至有被处罚或日子过不下去而改行的。他们明明都非常谨慎且避人耳目地在接工作。

完全找不到任何门路。眼下佐吉正在制作的熏银簪子，也不指望会有买主，只是为了不让手艺生疏罢了。这簪子做好之后便藏起

[1] 南、北町奉行所每月轮番受理报案，因官厅分别位于南北而得名。“奉行”是其最高长官。

[2] 将军直属的低级武士。

来，直至禁令解除，或是万一——

有客户偷偷来买时。

虽然佐吉认为不可能有这种万一。奢侈禁令的刑罚非常重，连对大铺子的老板也毫不留情；甚至可能被没收家产，逐出江户——只因办酒筵邀请客人，或为女儿的婚礼订制缝有大量金银刺绣的礼服。所以有谁会为了一支昂贵簪子或一把梳子去吃那种苦头呢？

没想到那个“万一”竟然降临在佐吉的身上。

二

某个突然转而飘小雪的冬日，那位客户来到佐吉家。

是位武士。对佐吉家来说，这是前所未有的事。

“这时候下雪，对老人来说真受不了。”

对方边说边脱下上等毛织外褂，抖落雪片，再取下头巾，头上是花白的小小发髻。他的眉毛相当稀疏，但是有点下垂的眼角给人温和的感觉；虽然嘴角有深深的皱纹，却让老人更添几分深思熟虑的神情。

“请问这位武士大人，您大驾光临，有何贵干？”

老人用手制止了正襟危坐如此询问的佐吉，并回头望着门口的格子纸门，压低声音说：

“你别那么一本正经好吗？老实说，我想私下拜托你一件事。”

佐吉至今不曾与武士有过接触，但听对方的口吻，也判断得出这位老人大概并非地位很高的武士，可能是某个武家宅邸的总管。

“请问什么事？”

老人从衣领内取出紫色小绸巾，双手小心翼翼地捧着绸巾。

“你能不能先看一下？”

老人展开绸巾。绸巾里包着一颗糖果大小、极为出色的红珊瑚珠子。近乎血色的深红，而且肯定加工过，是颗非常圆的珠子。或许这珠子是从簪子上拔下来的。

“我想请你用这个打造银簪。”

佐吉望着老人，说了一声“恕我失礼”，从老人手上接过绸巾和红珊瑚珠子，手中可以感受到珠子的浑圆。

只是色泽及光滑得毫无瑕疵这两点，就可以说是红珊瑚中的极品。若要充分衬托出这个色泽，打造不亚于珠子的簪子，这可就不是一两二两的价钱了。

“武家大人。”

佐吉缓缓地抬起头来说道。屏风后躺在被褥里的美代，大概正侧耳倾听这边的动静。不能让她操心。

“武家大人应该也深知眼前的世道吧。要是我用这么出色的东西打造簪子卖给您，我这双手可会被反绑。”

老人展颜而笑：“正因如此，我才小声拜托你。”

他再度探看门口，接着说：

“根据奢侈取缔法，卖方与买方都会遭到一样的惩罚。关于这一点，我十分清楚。因此，一开始我就没报上姓名，也不知道你的名字，更一句也没提起到底是从谁那儿听闻你的好手艺吧？”

老人再度伸手探入怀中，这回取出用白纸裹着的东西。

“这儿有十五两。”

佐吉不禁倒吸了一口气。

“其中五两是材料费。虽然我要的是银簪，但对簪子的加工有很多要求。另外，又希望有一些装饰玛瑙或翡翠的小珠子，所以材料方面应该会花不少钱。至于加工费，以及你必须冒险的……这样说好了，算是津贴，你可以得十两，你认为如何？”

“这是近年来从未听过的高报酬。”

佐吉察觉自己的声音嘶哑了，也察觉到老人眼神中带着笑意地望着自己。

“对不起。因为我太惊讶了。”

佐吉不禁笑了出来。老人也咯咯地笑着说：

“我也在冒冷汗。拜托你一件事，但是绝对不能说出去。我听说你不但手艺一流，也守口如瓶，这才来拜托你。”

正打算说“那当然”时，佐吉想起一件事，急忙将话咽了回去。就像在热水中舒服地伸展手脚时，脚尖突然碰触到冰水一样，轻松愉快的心情猛然被吓退了。

“怎么了？”老人一副不明所以的表情。

佐吉默默地望着手中的红珊瑚珠子。

他想起的是“试探买卖”。先是对佐吉这种师傅提出类似的甜头请托，待这方心动打算接违禁生意时，对方却冷不防地说“你被捕了”。佐吉正是想起了物价调查总监公役底下有数十名这种所谓的“囮子”，他们到处捕捉运气不好的师傅。

师傅那边有位师兄就因此被捕，事情就发生在三个月前。听说赚头只有二三两，但刑罚很重，不但在家铐上三十天手铐，工作上必备的工具也全数没收。

佐吉听到此事时，吓得打从心底发抖。万一事情发生在自己身上——要是被铐上手铐，可就得一文钱也没得赚地度过这个春季，那后果真是不堪设想。

自己还好，但是美代呢？在没有火也没有食物的情况下，她大概活不了三天。

这是花大钱的工作，刑罚肯定也极为严厉。要是自己被押进监狱，不能继续照顾美代的话……

“我先说明一件事。”

听到老人的声音，佐吉才回过神来。

老人直直地望着佐吉的双眼。这时，佐吉才发现老人的左眼有一层薄薄的白膜。或许这老人的年龄比乍看上去要大很多。

“我反对现今的政道。”老人徐徐说道，“我认为，奢侈禁令只是徒增百姓的苦而已。武士阶级的人，因不得不在呆板的藩国财政桎梏中过穷日子，所以十分憎恨商人和你这种师傅。你们只要工作，就可以过着做多少工作有多少收入的生活。虽然武士打肿脸充胖子，说是没饭吃也要用牙签剔牙，但是肚子饿了一样很难受，衣服单薄也会冷，不是吗？”

接着，老人对佐吉笑着说：

“虽然我无法透露自己的名字和身份，不过，我倒可以向你说明这红珊瑚的由来，以及为何想拜托你打造昂贵簪子。这个啊，其实是我那过世的老伴儿的嫁妆。因为她嫁的是我这种身份卑微的门第，当然也就没有什么值钱的嫁妆，只有这个，这是她的传家宝，是双亲传给她的。”

“当时是镶在簪子上的吗？”

“不，不是。只是这珠子而已。她嫁给我时，听说她母亲告诉她，为了将来能让你夫婿给你订做与这红珊瑚相称的簪子，你夫婿必须出人头地。因此，你必须竭尽所能地服侍你夫婿，也要你夫婿发愤图强，让你拥有可以在人前佩戴华美簪子的身份。”

老人那满是皱纹的脸泛着微笑，怀念往事般地眯起眼睛。

“遗憾的是，我似乎不够出息，老伴儿在世时，无法为她订做簪子。可是，我女儿就要出嫁了，这才突然想起这事。我想为她订做高贵簪子当嫁妆。女儿从小失去母亲，一直过得很寂寞，我想把簪子给她留作纪念。你说得没错，当今这种世道，我无法帮她准备豪华的嫁妆，但我心里想的是，最起码也得让她偷偷带走这簪子。”

老人面对着佐吉，又说，因此自己绝非公役手下，这点请务必放心。

“我可以将费用全部留下，以明心意。如果你仍然无法信任我，现在就可以把我连同珠子和这些钱抓到奉行所，或许鸟居甲斐守大人会奖赏你。”

老人苦笑着如此坚定地说道。于是佐吉也下定决心。

“我愿意接下这个工作，请您说明对簪子的其他要求。”

两个人又商讨了四分之一个时辰。当老人总算起身告辞、冒着还未停歇的大雪回去后，佐吉起身探看屏风后面。

美代躺在被褥里，睁大双眼，满面笑容。

三

老人给佐吉一个月的时间。

只要开始动手，其实不需要那么久。只是，佐吉想尽量满足对方的要求，并且想做出自己满意且能暗地引以为傲的作品，因此需要时间思量。

老人的要求是，以红珊瑚比拟酸浆果，珠子四周雕刻装饰的银叶，叶上有露珠，而且要在酸浆果红珊瑚上刻上老人家的圆形藤花家徽。

“不用刻小姐夫家的家徽吗？”佐吉问，老人用力摇头。

“不，不用。我家家徽就行了。因为是让她偷偷带过去的。”

佐吉左思右想。他首先想象做成簪子插在发髻上会是什么模样。即使这是无法公开插在发髻上的簪子，他也是如此想象一番。

佐吉画了各式各样的画稿，花了十天才总算决定样式。似乎连叶底都能透出的闪闪发光的银叶、红色酸浆果，然后用小翡翠珠子在叶面上点缀成露珠，而叶尖上的露珠则呈泪滴状。

佐吉很投入地工作，对美代来说似乎也是好事。虽然她的身子依旧不见好转，但脸上的表情比以前开朗了许多。

“等这个完成了，我们去参拜王子稻荷神社。”佐吉跟美代这么约定。“虽说初午已经过了，我们去看七瀑布吧。不走路也行，我们乘轿子去。到了稻荷神社，我再背着你去参拜。美代可以在那儿大吃特吃，长胖了再回来。”

美代也每次都眉开眼笑地望着发高烧般梦呓的佐吉。

就这样，佐吉每天努力工作，在与老人约好交货日期的前夕，簪子终于完成了。

美代许久没有下床来，她离开被褥，手上拿着佐吉的作品，仿佛那是从天而降的礼物，噙着泪忘我地注视了一阵子。

佐吉觉得很骄傲。已经好久好久，真的是有好些年了，此时总算有这种可以一展身为师傅的技术与才艺的机会，他甚至有种无关金钱的满足感。佐吉觉得，如果没有美代，只是自己一个人的话，自己肯定会跟那位武家人说不用工钱，只要材料费就行了。因为多亏对方，才有这种难得的表现机会。

这种兴奋的心情，在最后完成的关键时刻，令佐吉动了心，也令佐吉动了手。

“我想在这簪子上刻上我的名字，刻在小小角落就行了，你觉得呢？”

佐吉问美代，她用力地点头说：

“锻造刀剑的人，不也会刻上锻造人的名字吗？你就刻吧。我想，那位武家人大概不会生气。”

美代说得没错，老人没有生气，只是真心真意地称赞佐吉的手艺，说他完成了非常杰出的作品。

“能以自己的名字为荣是件值得赞赏的事。”不知老人是否也感染了佐吉的兴奋，他那还未恶化的眼睛闪耀着光彩，继续说道，“世上确实有那种不屈服于任何事物而只属于自己的道理。在这种世道下，你虽只是个百姓，竟敢光明正大刻下自己的名字，这种决心令人佩服。”

“反正这种荒唐禁令，总有一天会消失。”佐吉也如此说道，“能留下的正是我的作品。”

老人点头说“确实如此”，然后又多付了五两，无视佐吉的惊讶，告辞离去。

“太幸福了，我好像在做梦。”

美代发呆地喃喃自语，佐吉笑着哄她睡下，那晚，他出门跑了好几家铺子。米、味噌、鸡蛋、鸡肉、生鱼片，只要是有益于美代身体健康的东西，通通要买……

四

事情发生在两天后。

“报仇事件！报仇事件！”

街头卖报的号外喧嚷声自街上呼啸而过。佐吉正在磨工具，美代躺在被褥里，两个人都远远地听着那叫声。

“现在竟然还有人报仇，真稀罕。”

“证明世上还有有骨气的武士。”

佐吉说完，脑子里闪过那老人的脸。

之后便将卖报的喧嚷抛诸脑后。佐吉和美代向来对这种事不感兴趣。

然而，报仇一事似乎成了大家谈论的话题，大杂院的人都聚在一起谈论这件事。佐吉也听到了一些风声，报仇的人杀了父亲的仇敌，而且是个未满二十岁的年轻姑娘。

“那姑娘的父亲是幕府御家人。虽然阶级不高，但听说因为一点小事背了贿赂的黑锅，他为了证明自己的清白切腹自杀了。结果啊，他女儿下定决心，说总有一天要给那些设计逼她父亲切腹的人好看。她过着苦日子，等着这一天的到来。真了不起。”

邻家大婶煮了芋头，送芋头来时，宛如说的是自己的事，双颊泛着红晕，滔滔不绝地说道。

“因为这样，所以这报仇当然没经过幕府允许，而且也没‘介添人’，也就是没有报仇帮手陪她去。听说那姑娘就只剩已经隐居的祖父一个亲人。单凭女人一双纤弱的手竟能杀死个大男人，实在太厉害了。尽管她本来就是个短刀好手，而且好像很有名。”

接着，邻家大婶像是随口说说的，又突然加了几句：

“那姑娘当然是一身白衣，听说发髻上插着一支非常漂亮的簪子。”

本来只是嗯嗯地随意听听的佐吉，暗吃一惊抬起头来。

“簪子？”

“是啊。听说是崭新的银簪，大概是禁品吧。那簪子上有个漂亮的红珊瑚珠子，而且，听说珠子上刻有那姑娘家的家徽。不知那簪子要多少钱……咦？怎么了？佐吉先生。”

佐吉觉得有种冰冷沉重的东西沉甸甸地自头上压下来。

刻有家徽的红珊瑚珠子银簪。

这个东西世上绝无第二个。那是佐吉的作品。

这么说来，那老人说的全是谎言？不是要出嫁，而是报仇。

那个珊瑚珠子是父母的遗物，或许是真的。大概只有这点是真的。

只有已经隐居的祖父一人。

原来不是父女，而是祖孙，而且是为了报仇。

那簪子上刻着我的名字。

既然是上头在办案，就算是报仇姑娘佩戴的首饰，崭新的一看就知道价格昂贵的银簪，上头不可能坐视不管，肯定会追查簪子的来源，一定会查出来的。

佐吉不禁将颤抖的手贴在额头，只有邻家大婶还自顾自地说着那个报仇事件。佐吉背对着美代，看不到她的脸，但是美代现在会是什么表情？

有句话一直在佐吉的脑海里反复出现，而老人的脸也在脑海里反复地出现。

为什么不坦白告诉我？

因为不能让任何人知道报仇这个真正目的？不能让好不容易才

找到的仇家察觉，以免对方远走高飞？因此直到那天来临之前，为了避免露出破绽，而谎称到底？然后等他们完成大义，才公开真相，接受大家的喝彩……

可是，你明明知道，明明知道。

佐吉在心里对着老人的脸举起拳头。你明明知道，既然知道，在我刻上名字时，不是可以告诉我一声最好不要吗？

为什么你不告诉我？你把我当成什么了？

这时，不知情的邻家大婶，以有点愉快的口吻说："而且啊，听说遭到报仇的好像是和鸟居甲斐守一伙的。不知是同伙还是手下，反正是对那可憎家伙拍马屁的那群人。"

"……这么说来，那姑娘的父亲也可以说是中了那个甲斐守的诡计喽？这次的报仇，真正的目标其实是甲斐守？"

佐吉声音颤抖地问道，大婶皱着眉点头说：

"是啊。不是听说那家伙很阴险吗？反正是那个奉行嘛。所以说，那姑娘真的替大家出了一口气。"

此时，佐吉耳里再次响起老人那有些兴奋的话语。

"我反对现今的政道。"

那是理所当然的，而打动佐吉的正是这句话。

世上确实有那种不屈服于任何事物而只属于自己的道理。在这种世道下，你虽只是个百姓，竟敢光明正大刻下自己的名字，这种决心令人佩服。

这就是你跟你孙女的大义吗？只属于自己的道理吗？实在伟大，

太伟大了。可是……

佐吉握紧膝上的拳头，轻轻地连连摇着头。

不对！不对！不对！

我那么做并不是那个意思。因为你是武士，才会佩服这种事，可我不是武士！

我有必须照顾的妻子，自己也得糊口，也想工作。我为的只是这些，只是这些而已。

我没有任何大义。

“喂，佐吉先生。”

听到邻家大婶的喊叫，佐吉抬起头来，他发现一直滔滔不绝的大婶脸上笼罩着宛如傍晚阵雨前天空的乌云。

“管理人在外面，他说有重要事情找你。”

门口的格子纸门，敞开一尺左右，从那里佐吉看到管理人一脸严肃的表情。

这么说，已经来了？物价调查总监公役太厉害了。

邻家大婶才匆忙离去，管理人便跨了进来。这时，佐吉才知道，管理人不是单独一个人前来，后面还跟着其他人。

佐吉上半身微微摇晃，缓缓地站了起来，回头一看，正好和睁大双眼、血气全失、无助地望着自己的美代四目交接。

我说，美代啊。佐吉在心里呐喊。在我被逮捕的这段日子里，要是你有什么万一，有谁会帮我报这个仇？

已经无处可逃了。

第三篇 春花秋灯

一

……听说你想要座灯……谢谢，谢谢。这边请，请你再靠近一点。请坐坐垫。对不起啊，榻榻米很旧了，脚会痛吧。因为铺子就这么小，只能赚我跟老伴儿两人糊口的份儿，相当拮据。俗话说，榻榻米和老婆新的最好，对我来说，那简直是梦想中的梦想。

不过，再怎么说，做的毕竟是这种生意，铺子弄上崭新木头的话，也许反而不像样。放眼望去，所谓旧货铺，都是在这种连铺子也可以当商品的老房子里做买卖。大概是这样感觉比较舒服吧。我认识的人里有个嘴巴刻薄的男人，他说旧货铺的房子和铺子之所以会那么脏，是为了想让铺子里的商品看起来更干净、更高级一点。

你认为呢？不过，要是真为了这样，我啊，一定只在晚上才开店。俗话说，夜里远处油伞斗笠下才禁得起看的那句话，其实并不只限于女人。在座灯的亮光下，看任何东西都变得高级一成。所以我们采购商品时，必定在白天出门。因为老天爷的亮光，那真是诚实得近乎残酷。

啊，对了，你是想要座灯吧。我说了一大堆废话，真对不起啊。我听松三郎说，贵一点也无所谓？

嗯？啊，松三郎吗？就是刚才帮我照顾生意的那个小伙子。哪里，他根本不是伙计那种正式佣工。就这么一丁点铺子，我一个人就够了。那小子是本所一家海苔批发商的三少爷，是个从小就很喜欢玩旧货，很迷旧货的怪胎。你也知道，反正是三少爷，不用继承铺子，虽然只是家小小批发商，但他们是拥有地皮的有钱人，根本不愁吃穿。所以他到我这儿见习，有一半是为了好玩。平常的话，我不会让松三郎一个人看铺子，今天是凑巧出门去参加集会。我老伴儿？那家伙对这一行完全不懂，只是很喜欢算钱也很会算钱，我就让她专门管那方面的事了。到了我这种年纪，让老伴儿掌管钱也不会感到不方便或没面子。这种麻烦的琐事，交给老伴儿管，自己落得轻松。

咦？这位客官，你稍微——稍微转过来，我看一下。你看，是樱花瓣，衣领背后沾着樱花瓣。真是风流啊！而且又是沾在客官这种俊俏年轻男子的身上，这樱花瓣不是很潇洒吗？话说回来，外头应该春色无边吧！

客官，你成家了？不、不，不是想调查你的身世。像客官这种老实又俊秀的男人，女人是不会放过的。而且穿得又体面——在商家工作，还是自己开铺子？哎呀，你笑了。问太多不好吗？

对了，你是来找座灯的。松三郎有没有让你看过座灯？啊……这么说来，铺子里的座灯你都看过了。没一个中意的？那太遗憾了。不过，在这种阳春季节，想找座灯倒也真是别出心裁呀！像我这种凡夫俗子，老是想在秋天夜长季节点亮座灯，与人你一杯我一杯地饮酒作乐。这种老天爷亮晃晃的季节，就算座灯破了，我也懒得理。

哦！是受人之托。啊，原来是这样。

这么说来，你打算买贵一点的？恕我失礼，你的预算是——哦，这么多！出手真大方。

可是，客官，我可能多管闲事了，只是，既然你打算出这么多钱，何不干脆买新的？出这么多的话，甚至够你订做新的了。你何不向托你买座灯那人说说看？

嗯……原来如此。你这样说真令人高兴。家具这种东西，的确要用久了、旧了才有味道，你说得很有道理。不管衣柜还是屏风，新家具会讨人喜爱的，就只有女子出嫁那时而已。例如桐木衣柜，嗯，至少要用十年才能成为真货。重新请人刨过或磨过之后，最有味道，在这之前就只是衣柜“见习生”而已，跟我这儿的松三郎一样。

可座灯的话，就有点罕见了。这东西大抵说来，跟故障品差不多。要是会烧毁则太危险，那是题外话，不过，底座其实并没有那么牢固。

你要的是榻榻米房用的座灯吧？不是做生意用的那种挂灯吧？

说得也是，挂灯的话，以客官出的价钱足以买五十个了。

这样一来……真伤脑筋。怎么办?

不，不，刚刚是我自言自语。你不要说下次有机会再来这种话。真是性急的客人。哎，你先坐下嘛，我叫人端茶过来。喂，阿绀，端茶过来好吗——对，两杯，还有，家里不是有伊势屋的豆沙包吗?也拿过来。店里有客人啦!

阿绀是我的老伴儿。她本来是染坊的女儿。说是染坊人家的女儿，准确地说，曾经是染坊人家的女儿。这是很久很久以前的事了。那家伙娘家有四个孩子，而且都是女孩，大概是嫌想名字太麻烦，四个都用染色颜料命名。还好不是做大岛绸泥染那种铺子，要不然名字叫阿泥的话，大概一辈子都嫁不出去。所以我老伴儿就叫阿绀，阿绀阿绀的叫着叫着，结果真的像狐狸那般眼睛往上吊[1]。不愧是喜欢算钱的女人，名字和容貌倒都名副其实。待会儿你看到她，可别笑啊!

哦，来了来了，是这位客人。你有没有用烫一点的水泡茶?一定要烫得拿不住茶杯，要不然我不喜欢。反正是底层庶民出身的，跟公卿家庭长大的不一样。客官你也是吗?我说得没错吧。

来，别客气，吃点豆沙包。

那么，嗯。

我说客官啊。我刚刚一直唠三叨四的，其实是有原因的。我也

---

[1] 日语中“绀”的发音跟狐狸叫声一样。

左思右想地想了很多事。

有关客官要的座灯，老实说，铺子里有。不、不，没摆在这儿，收在库房。我这儿也有个小库房，这库房也老旧得很。这儿啊，是我父亲刚开铺子那时——我是第二代——连货带铺盘下来的，那库房也是。库房比这铺子更老旧，我父亲说，他听上任铺子老板说那库房在明历振袖火灾[1]时，丝毫没受到影响，当然我也不知道年代到底有没有那么久，不过我很怀疑。

那库房里有两盏上等座灯。其中一盏是象牙制，镶工非常精致。依我看来，那可能不是用来糊纸的，而是用来镶玻璃的。这个座灯极为罕见。从我父亲那代算起的话，我们做这生意大约有五十年了，我也是第一次见到那种座灯。

另外一盏是一般的涂漆座灯，但顺着框子到烛台的地方，有一条浮雕飞龙，是盏造型华丽的乌木制座灯。

所以说，客官，我是想让你看看这其中的一盏。那真的是高级品，质量绝对没问题。只是啊……

哦，你真会猜！是的，这两盏座灯都有来历。对我来说，要是佯装不知就这样卖给客官，总是有点于心不安，所以才一直迟疑不决。

当然，在知道那是问题商品时，我就已经请寺院和尚做了驱邪法事。所以啊，就算卖给客人，其实也不会有什么问题。不过，感

[1] 火灾发生于一六五七年，持续两天，烧毁了三分之二的江户城，超过十万人死亡。

觉上的事很难说。

是吗？就算那样你也要看吗？那我把座灯拿过来。然后，有关那两盏座灯的来历，我再慢慢地说给你听。

二

首先是这盏象牙制的座灯。如何……很豪华吧！听说这是在海外订制，之后再运送过来的。你看这蔓草花纹，不是很有异国情调吗？再来看这里，这框子的地方，经过加工可以糊上纸，不过这大概是后来请人加工的吧？你看这框子的镶嵌条纹，本来应该是镶玻璃的吧？玻璃这种东西，就算这么小的玻璃珠，也很透明，要是里面点了火，应该非常漂亮才对。因为生意的关系，偶尔——真的是偶尔——有机会看到萨摩雕花玻璃杯，那也是美得令人舍不得用。

订做这种东西的人，肯定非常有钱。这座灯的第一个主人是一家大铺子的老板。铺子商号和老板的名字，抱歉，我不能告诉你。那铺子是运输船商——拥有好几艘北前船[1]，老板光靠下巴支使这些船就能哗啦哗啦赚进大把的钱。第一代就成了大财主，听说他本来也是北前船的船员，又听说他对国外一直很憧憬，所以很喜欢南蛮[2]进口的东西。这是事后才听说的。

那个老板已经过世了……差不多在三年前吧。老实说，他是鸦

---

[1] 专门在日本海航行的帆船，容量五百至一千石。

[2] 荷兰人。

片中毒死的。不、不，我没说错，也没听错，真的是鸦片，就是用烟管吸的那种奇妙药品。据说是用罂粟制成的。

那人啊，客官，大概跟我们这种人的器量不同吧。他之所以会鸦片中毒，这事啊，说来有点令人难以置信。

起初，他好像只是肠胃不好——这是事情的发端——而且不是普通病症，胃部一整天都会绞痛，吃下去的东西全吐了出来，人急剧地消瘦。另外，听说触摸胃部那个地方会摸到类似肿瘤的东西。

一些个性豪爽的男人总是这样，这人也很讨厌看医生和吃药，身体不舒服，也是找一大堆理由一直没去看医生。可是，病倒后大约三个月，因为太难受，他终于去看医生了。

这位医生的父亲是御典医[1]，系出名门，他自己也曾在长崎游学，扎实学过荷兰医术。那真是必须花大笔钱才能请他看病的医生。

结果啊，经过医生诊断，说是腹部有恶性肿瘤，而且已经大到一摸就能摸到的程度。鼓鼓的肿瘤，听说大概有拳头这么大。这下子，根本无药可救了。在西方的话，碰到这种病症，可以做切开腹部取出肿瘤的手术，可是我国还没有那种技术和知识。医生对那个人说，很遗憾，顶多只能活半年。

听到医生这样说，要是一般男人一定会失常吧！不过，这运输船铺老板实在令人钦佩，他说，既然这样也就认命了，既然医生说

[1] 将军家或大名专属的医生。

只剩半年，那大概就真的是这样吧。听说他说这话时从容不迫，这不是很了不起吗？

接下来，事情正是从这里开始的。

因为身体急速衰弱，他花了一个月整理生意的事，能盘让的全盘让，能交给什么人负责的就交代下去，再来就是直至去世之前好好静养——说静养也有点怪——就在准备静养的前夕，这位老板再度去找那位先前帮他看诊的医生。后来听说他拜托了医生一件事。

他跟医生说，能不能卖鸦片给我？

那老板对医生这么说：我年轻时就对鸦片很感兴趣。吸了那东西，可以沉浸在这世上无法体验的幸福气氛里，就像极乐世界降临一样，这是从船员那里听来的。可是，吸食鸦片迟早会中毒，最后瘦得只剩皮包骨，连站都站不起来地死去。我深知这点，也亲眼见过。所以至今总是警告自己，自己是有前途的人，绝不能碰鸦片。

但是现在情况完全不同了，我在自己这一代就成了大财主，如愿地走过生意这条路，梦想已经达成了，而且，如今只剩半年不到的生命。钱的话，多得在这半年都花不完。既然如此，我很想试试年轻时一直忍着不敢尝试的东西——老板是这么说的。

听说这位老板一再地对那位年轻医生这么说。而且他又说，据说鸦片有止痛的效用，但我并不是因为痛得难受而想吸鸦片，纯粹是就快死了，想满足自年轻以来的好奇心而已，现在也并不是想寻死，要是有得救，绝不会为了这种理由吸鸦片。

那种心情我也可以理解，可是这老板的想法不是很大胆吗？

听说那医生接受了老板的委托，大概是被老板说服了，反正老板一定会付钱。

只是，医生卖鸦片给老板的事，他们都没对人说，是他们之间的秘密。那是当然的，这样比较好嘛。之后，万事都很顺利。

没想到，日子一天天过去，事情变得有点麻烦了。不是老板这边麻烦，而是医生那边。

死不了啊！那老板。

医生说的半年期限到了，老板却完全没有快死了的征兆。腹部那个鼓鼓的肿瘤还在，但多亏鸦片的关系，不但不疼，老板也看似一天比一天健康。实际上，老板家人和铺子的伙计们，也都开始期待或许老板会这样慢慢恢复健康。

结果啊，客官，最麻烦的是，那位医生也开始觉得事情或许是这样。换句话说，那肿瘤是恶性的不治之症、只能活半年的宣告，也许是医生诊断错了。

一般来说，这事虽然对医生是一种耻辱，但对老板来说是值得庆幸的事。可是，这个例子却不是这样。因为老板在没人知道的情况下，已经确确实实鸦片中毒了。

老板本人认为，不疼不痒以及看似恢复健康的这一切，都是因为鸦片的关系，也就是说，老板认为病情没有好转。而医生那方却知道真相，医生知道，鸦片没有治疗肿瘤的效用，身体逐渐恢复健康，是因为病情好转。可是，老板已经鸦片中毒了，太迟了……

事到如今，医生也不能对老板说，因为诊断错误导致你鸦片中毒吧！

不过，那老板最后还是在诊断的一年后过世了，听说正是在樱花盛开、春色正浓的这个时候。老板腹部那鼓鼓的肿瘤并没有消失，但是他死去时瘦得皮包骨，并不是因为那个肿瘤。这点你应该知道吧？

然后啊，客官，这盏座灯，那老板生前一直摆在身边使用。老板临死之前留下遗言，说是把这盏座灯送给那位医生，事后遗族就把座灯送到医生那儿。医生也不能说不要。

我认为啊，这是老板的暗示。老板要跟医生说的是，知道鸦片秘密的只有我和医生，还有这盏始终在我房里燃着亮光的座灯而已。

我不知道老板是不是察觉到诊断错误的事。但听说他对家人说，比最初期限的半年又多活了半年，全是神佛保佑，也许老板本人一直到死还相信医生说的话吧。

后来啊，客官，我从那年轻医生那儿买来这盏座灯。本来他说不要钱，要我带回去，可是我也不能真的不花半毛钱就带回来。我说这样我很为难，他才告诉我这件事。

医生说，只要在家里点燃这盏座灯，房里总会充满不知从哪里飘来的鸦片味。试了几次，结果都一样，而且，往往会梦见自己在樱花盛开的森林里，樱花花瓣簌簌地飘下，那运输船铺老板对医生招手说“过来，过来”。

医生把这盏座灯卖给我，不久就过世了。好可怜，年纪轻轻的。

啊？怎么死的？听说腹部长了个恶性肿瘤。这回没有诊断错误。

三

这就是第二盏飞龙座灯，也很豪华吧！本来是一对，现在我这儿只剩一盏。

卖座灯给我的是大杂院管理人——名字嘛，就说是右兵卫吧。反正这名字很常见。关于这盏座灯的来历，虽然跟右兵卫完全无关，但是他为了调查座灯的来历，好像花了不少钱，也冒过险，所以要是说出他的名字可能对他不太好。

右兵卫买这盏座灯，听说是为了给女儿当嫁妆。当初似乎花了很多钱，不过，当管理人的，只要巧于钻营，好像相当有赚头。他在一家旧货铺——铺子商号也暂且保密——买了一对座灯，给女儿当嫁妆。

女儿名叫阿菊。这女儿是辰年生的，大概就是因为这样才看中这个飞龙浮雕的吧？阿菊夫家是开大饭馆的，也是有钱人，在那种服务业里，龙是吉祥物，所以这盏座灯在夫家也很受欢迎。

阿菊嫁过去两个月后，身体很不好，最后病倒了。毕竟是大铺子的媳妇，就算身体不舒服也不能整天躺着。听说她也忍了许久，最后还是病倒了。

总之，阿菊暂且回到大吃一惊的双亲身边。虽然表面上说是回娘家养病，直到恢复健康，但是右兵卫却非常担心对方或许就此演变成休妻。

听说回到娘家的阿菊既苍白又消瘦，好像有话想说，想透露什么似的。右兵卫这才恍然大悟，他明白女儿是因为心事才变得如此消瘦，而不是生病。话虽如此，右兵卫还是过了好几天才知道详情，而且问女儿话的不是右兵卫，而是他老伴儿，阿菊的母亲。

这人，暂且称她阿政吧。母亲的直觉非常厉害，阿政大概也早就看穿女儿有着大烦恼却无法轻易说出来。她只是静静观察女儿，等阿菊稍微恢复元气，再套她话。阿菊这才噙着泪说出来，起初好像嗫嗫嚅嚅含糊其词，说什么很羞耻，不好意思说。

听完了之后，才觉得这也难怪，那种事情的确让刚出嫁的年轻女子难以启齿。

那盏座灯，也就是眼前的这盏飞龙座灯，在阿菊他们这对新婚夫妻每晚钻进被褥后，会自动点亮。

你可别笑。不、不，反正我自己也在笑。可是，对当事人来说，这应该不好笑吧！

当然，每晚睡觉前他们都会熄灭座灯，确确实实熄灭了。可是，等阿菊夫妻俩钻入被褥后，又会自动点亮。不，再说得明白一点，就是阿菊他们若是什么都没做，只是呼呼大睡的话，座灯不会点亮；但是呢，当他们打算行房事时，就会突然自动点亮，而且是难以想象的亮，说是跟白天差不多，真是周到！

把灯油倒出来？那当然试了。不过，听说没有灯油也会亮，就是那个……阿菊他们打算要做那个时。哎呀，客官，你不能笑说这样比较省油。

阿菊说，那座灯太可怕了，最后连白天也很讨厌接近那座灯。话虽如此，可是那座灯有吉祥物飞龙浮雕，又是自己带来的嫁妆，也就不能擅自移到房外，或暂时换上别的座灯，何况婆婆也要阿菊珍惜那盏座灯。而且也才刚嫁进来，阿菊大概真的是一筹莫展吧。

关键人物是阿菊夫婿吗？这个啊，对阿菊来说最可怜的正是这点，那夫婿也许是个懦弱的人。最初几天，每逢要行房，那盏偷窥灯就会自动点亮，阿菊的夫婿还开玩笑说真是盏好色的座灯，可是，座灯亮得跟白天没两样，新嫁姑娘当然会害羞拒绝。拒绝的次数一多，她夫婿也开始有点不耐烦。唉，毕竟也是刚当人家夫婿的人，这也不能怪他，但后来就是他的不对了。不知道是不是过于急躁，那夫婿竟开始责怪阿菊，这是你带来的嫁妆吧？到底是谁送你的？不会是你以前的情人吧？诸如此类的。结果夫妻感情失和，阿菊也变得憔悴不堪。事情就是这样。

得知这事的右兵卫，我刚刚也说了，到处托人想办法，也花了不少钱，终于查出那座灯的来历。之后他把座灯卖给我时，向我说明他查到的事。

听说这盏座灯是某将军家直属旗本的侧室——照我们的说法就是姨太太——特别请人订做的。听说那直属旗本历代都信仰水神，龙正是水神的化身，不是吗？对那位姨太太来说，是想奉承老爷吧。

但这位姨太太竟跟其他男人有染。对方也是武士，右兵卫查到最后终究没能查出对方是谁，但听说是直属旗本自家人。旗本老爷听说之后非常气愤，某天闯入姨太太和武士睡觉的房间，当场斩杀了两个人——光看这个演变，那武士是旗本自家人的传闻，我认为所言不假。

现场有没有那座灯？那当然有吧。姨太太和情夫是在女方家幽会，而且那是旗本老爷提供的住所。听说发生那件事之后，房子有一阵子没住人。

因为这样，旗本家将那座灯卖了，而右兵卫凑巧买了回来。

虽然真相大白了，可是，不久阿菊就离婚了。不过，大约一年后又嫁了人，过得很幸福。

夫家送还嫁妆时，右兵卫起初想烧掉这盏座灯，又怕事后会发生什么作祟之类的事，才来找我商量。我这儿早已习惯处理这种有问题的东西。

啊，对了，有件事忘了说。右兵卫买给阿菊当嫁妆的座灯是一对的，会亮起好色亮光的，每次都是同一盏，正是这盏。所以另一盏很快就卖掉了。

观看姨太太和情夫幽会的是成对的座灯，可是会用那种奇妙方式作祟的却都是同一盏，很有趣吧。不知道作祟的是姨太太还是情夫？

客官，你认为是谁呢？

事情就是这样。

这就是我这儿的座灯的来历，我都坦白跟你说了。这两盏座灯的故事都很奇特吧！当然啦，我一开始也说了，这两盏座灯都做过驱邪法事。

可是啊，每次想起这两盏座灯，我总会这么想，一般我们每次思量或谈论自己的欲望和任性，或对别人的憎恨和嫉妒，诸如这种肮脏事，通常都是在晚上吧？通常在老天爷不在的地方，从心里捞出这些事来琢磨。

而座灯正好把这些事都看得一清二楚。只有座灯在看着。终年看着我们在企图什么、做什么或中止什么、失败了什么，看着我们种种见不得人的事。格子纸窗还能看看外面的风景，但座灯这玩意儿总是端坐在屋内昏暗的地方。

咦，你要走了？客官，你果然听得很不舒服。唉，这也没办法。我也是觉得不能佯装不知就卖给你，才告诉你这些事，请别介意。

日后你要是还需要什么，请到我们这儿来看看。谢谢，谢谢。

哎，松三郎，你在这儿啊！如何，刚刚那位客人的样子，你看到了吗？

他听得茫然不知所措了吧？那种客人不仔细观察不行啊。看他穿着打扮还不错，应该是店家伙计。是那种会被老板夫妇看中，继承家业的那种女婿。

那客人啊，不是来买座灯的。只是凑巧话题扯到座灯，才随口那么说。你最初跟他说话时，没感觉出来吗？

那位客人大概是想卖什么东西吧，而且是有问题的东西，所以才找上我们这种不会多问、什么都买的旧货铺。他其实是来试探我们的。反正，他已经知道我不会拒绝有问题的货品，也许过几天会上门来说出他真正的目的。等着瞧吧！

老板还真是喜欢这种东西？那当然啦！买卖的都是些沾满别人欲望和污垢的东西，会跟来种种问题也是理所当然的。若是觉得可怕不是太可惜了吗？我倒认为这才是所谓旧货铺的气概。

第四篇 看中容貌

一

阿信认为对方是存心嘲弄自己。她气得双颊发热，头昏脑涨，说不出话来。

“我？对方说看中我的容貌，想要我？”

阿信好不容易才就对方的话如此说道。媒婆则是耸了耸肩说：

“是啊。阿信姑娘，你别气得满脸通红嘛。镇定一下好不好？”

这叫人如何镇定？

“告诉你，我手上有一件后天就要缝好的衣服，没时间听这种耍人的话。你快走吧。”

阿信鼻息粗重地想站起来，媒婆用力按住她的手。

“唉！唉！你别说得这么无情嘛。听我说完再生气也不迟吧？是不是，藤吉先生？”

媒婆望向阿信的父亲，如此劝道。藤吉忙了一整天的生意刚回来，只洗了手、漱了口，肚子还饿着，媒婆突然来说独生女的亲事，他似乎惊讶得不知如何是好。

“啊，嗯，说得也是。”

他连忙找话说，然后仰着头看着怒不可遏的女儿。

“阿爸，这种话用不着听。看中我的容貌？哼！”

阿信“咚”的一声跺了一下脚。本来就是简陋的大杂院，经她这么一跺脚，天花板传来嘎吱声。阿信身高一米七二，是个大块头的女子。

藤吉挥手掸掉眼前簌簌掉落的棉絮，吞吞吐吐地说：

“我觉得女儿生气是理所当然的，我也不好说什么……”

“你还没听我把话说完，当然不好说什么。”

看来连媒婆也有点生气了，噘着嘴这样说道。阿信见状更是怒火中烧。

“什么嘛，想骗人哪有这么简单的。那你说说看好了，到底是谁拜托你来开我玩笑的？你说啊！”

媒婆大声说道：“我说啊，阿信姑娘，我当然也知道，来跟你这种丑女说有人看中你的容貌、想娶你，会有什么后果。”

阿信双手在身体两侧握紧拳头。她的手掌和身高很相称——非常大。

“你说我是丑女？”

“是啊，说就说，丑——女。”

媒婆噘着嘴冷笑道。阿信正想上前赏她一个耳光，才要跨出一步，藤吉插嘴了。

“阿信，你先坐下来好不好？这样乱蹦乱跳的，榻榻米会塌的。”

“连阿爸也这样说！”

阿信又跺了一下脚。

“把我生成这样大块头的不就是阿爸吗？！”

藤吉挨了女儿肘子一推，倒在咯吱作响的榻榻米上反驳：

“不是我，生你的是你阿母。”

“就是说嘛，藤吉先生个子小嘛。”媒婆又火上浇油地说，“你把你阿母从坟墓里叫出来，责问她为什么把你生成这样啊。你阿母大概也会觉得对不起你……”

阿信挥舞着双手。

“啊，大家都这样！真气人！”

住在这个大杂院的人，早已习惯了这种风波。要是置之不理，等阿信平静了，屋里很可能会像台风扫过一样，不但天花板飞了，连榻榻米也会塌陷——这样说或许太夸张，但是大杂院的人都知道，后果一定不堪设想，所以在适当的时机，邻居哗啦打开倾斜的格子纸门冲了进来。

“唉！唉！镇定点，镇定点，阿信姑娘……”

等事情告一段落，阿信记得好像殴打了两个人的头，但记得不是很清楚。最后要不是连管理人也挺身而出，劝阿信至少先听媒婆把话说完，否则阿信此时一定还在半疯狂状态下又叫又跳。

阿信正值闭月羞花的十八岁，然而她却是个大块头，而且身强力壮。另外，正如媒婆所说的，阿信一点都不美。

孩提时代，邻居的孩子王曾嘲笑阿信，叫她在大雨天到外面被雨滴激起涟漪的水洼里照照脸，说这样或许还看得过去。阿信抓住那家伙，把他丢进了井里。当时大人们对阿信说，把人丢进井里应该可以消气了，叫阿信原谅对方，而且也只能这样。但阿信内心深处却留下了像是镰刀剜过的伤口。一般说来，伤口会随着成长逐渐被淡忘，但阿信内心的伤口却随着越接近妙龄而越扩大加深。那伤口有血有肉，至今仍在淌血。

尽管如此，阿信也死心了。这是无可奈何的事。所谓容貌，后天根本无法改变。

这话不假，因为大家都这么说。有句谚语说："诚实的人有神保护。"阿信自己也深信这点。

我是个丑女，是个大块头的女人。

明明长这样，竟然有媒婆来说亲，说是深川北森下町一家叫"木屋"的木屐铺的独生子繁太郎"看中容貌"想娶阿信为妻。据说，繁太郎告诉媒婆，对阿信一见钟情，忘不了她。

而且，木屐铺的繁太郎在深川那一带是出了名的美男子，连教姨太太唱小曲的老师，甚至在井边洗丈夫兜裆布的妇女，都说他俊秀得像个伶人，更不用说一般的年轻女子了。

正是这个繁太郎说要娶阿信为妻。

“世上真有这种事？”

看热闹的人啧啧称奇，管理人板着脸瞪了他们一眼，其实阿信自己比任何人都想大叫，世上哪有这种荒唐事？

媒婆一再地说：“木屋的老板夫妻也说繁太郎喜欢就好，没什么可担心的。”然而，从媒婆的口吻中不难听出，来说亲的她也暗暗认为这真是莫名其妙，虽说海畔有逐臭之夫，但就算护城河冒出一条百贯[1]重的鲇鱼对我招手，我也不会这般吃惊。

况且，听了媒婆的话，管理人和大杂院邻居，甚至父亲藤吉，都只是“嗯……”便再也说不出话来。阿信气得全身颤抖，她真想冲出去把那个繁太郎丢进井里，但也只能强忍着。

媒婆告辞离去时，太阳已完全下山了。阿信和藤吉两人吃过晚饭——说是吃晚饭，其实阿信气愤难消，几乎吃不下任何东西——阿信到外面随意乱逛。

阿信并没有什么地方可去，只是想吹吹外面的风。庆幸的是，像阿信这样的年轻女子单独在外散步，绝对不会有危险。

与其去抓木屋的繁太郎让他尝尝被丢到井里的滋味，倒不如把自己丢进大川好了。大川总不会在我扑通跳下去时就河水上涨吧。

阿信如此这般胡思乱想，朝着大川的方向走去。背后有人叫住了她。

“阿信姑娘。”

---

[1] 一贯等于三点七五千克。

阿信回头一看，正是那个繁太郎。

阿信脑子里一片混乱。明明双脚很想奔向大川，身体却动弹不得，而且打算拔腿就跑的双脚，这一刹那竟无法决定到底要走向大川还是上前抓住繁太郎，或是转身逃开，只是哆哆嗦嗦地颤抖。就在阿信像是地藏菩萨那般，使尽全身力气站在原地时，繁太郎毫不畏缩地靠了过来。

“媒婆告诉你了吗？”繁太郎说道，“我担心得不得了，一直在这附近徘徊。阿信姑娘，我是认真的。我发誓，我对你的感情绝不是随便说说或是虚情假意。是真的。”

越说越兴奋的繁太郎，眼里映着月亮闪着光。月亮也真上道。阿信用袖子掩住脸。

就这样，阿信没有赏繁太郎耳光，反倒哇哇大哭。

二

冬木町的那个阿信要嫁给木屋的繁太郎了。

这门亲事，像暴风般迅速传遍了深川一带。消息一传开，效果也跟疾风一样，众人“哗”地出声惊叫。

可是，对事情的演变最感吃惊的正是即将出嫁的阿信自己。到底是为什么？又是基于什么样的因缘，我竟然就要成为繁太郎的媳妇？

若说是繁太郎的热情打动阿信，这也不为过，而且也是事实。

但是，阿信每次想到他和自己的容貌，总会觉得，不，不应该是这样。

要是立场互换的话，那倒还能理解，也就是说，阿信的热情打动了美男子少爷。然而事实却完全相反。

“唉！何必计较这个呢？大概是看上你的个性吧。”藤吉如此安慰阿信，而她在最后一刻也只能这样说服自己了。反正繁太郎不只容貌好看，人品也相当不错，被这种男人爱上，阿信当然不会不高兴。

亲事决定之后，木屋很高兴少爷的婚事谈成了，说是近来物价上涨，出嫁前的种种准备应该会很花钱，于是送了十两置装费过来。若是日本桥通町那一带的大铺子，或乡下地主家的婚礼，十两可能微乎其微，他们大概会花五十两或一百两来准备。但对藤吉和阿信这对父女来说，这是足以令他们惊叫得四脚朝天的一大笔钱。高兴得飘飘然的藤吉，为了给女儿穿特别漂亮的衣服，甚至放下生意，整天忙着跑旧衣铺。藤吉是卖蔬菜的小贩，所以从早到晚在外奔波一点也不嫌烦。而阿信则是一边斜眼看着手舞足蹈的父亲，一边苦心安排自己出嫁后父亲的生活。

看着藤吉因喜悦而显得飘飘然的样子，再看着毫无幸福模样、只默默照顾父亲身边琐事的阿信，那些看热闹的人，尤其是夫家木屋周遭的人，都在背后议论纷纷。那个繁太郎才二十岁，又是长子，而且是个如画一般的美男子，想娶媳妇的话，尽可以千挑百选，他到底在愁什么？竟打算娶冬木町的阿信！

那个大块头的……

那个丑女……

那个冷漠的……

那个粗暴的……

“木屋的少爷，搞不好被妖怪附身了。”进出木屋的米铺商甚至这样说道。

在世人冷嘲热讽的注视下，阿信嫁进木屋的日子终于来临了，但那一整天都下着长矛般的大雨，傍晚又多了冰雹的“祝贺”，更令那些说三道四的人喜不自胜。

不过，不知是不是毫不在意世人的眼光，从繁太郎到他的双亲——木屋的老板和老板娘，以及繁太郎的两个妹妹，大家脸上净是可喜的笑容。他们看到身穿雪白新娘罩衫而显得更高头大马的阿信，以及那张与白粉、胭脂极不相称的平板大脸时，也没扑哧地笑出来——虽然看热闹的人和来祝贺的亲戚里，有不少人如此期待——而是笑容可掬地温柔以待，伸出温暖的双手迎进媳妇阿信。

一切都非常顺利圆满，新婚夫妻喝过交杯酒、吃过喜宴后，阿信安静地坐在席上，看热闹的人暗中嘲讽，说她不是佯装老实，而是像“突然多出一面墙”。她因为太紧张，只觉得好像是梦，甚至忘了时间的流逝，直至深夜宴会结束，到了与繁太郎两人独处时，她才突然感到坐立不安。

毕竟还是很可疑。

每当她斜眼看着因兴奋以及喝了喜酒而满面通红的美男子新郎

时，益发这么觉得。事情为什么会变成这样？我是不是上了什么不祥之物的当？

年轻夫妻进到事前准备好的新房，换上崭新的睡衣时，阿信心里的疑问全涌了上来。虽是雨夜，房里却因季节的关系挂了蚊帐。在蚊帐里，钻进白得发亮的被褥之前，阿信端正地跪坐在榻榻米上，以一副将匕首架在刚成为夫婿的繁太郎脖子上的气势质问：

“哎，繁太郎。”

繁太郎一听阿信那种郑重其事的口吻，反射性地回应了一声“是”。

“你啊，仔细想过之后再回答。你娶我事后真的不会后悔吗？”

繁太郎犹如脸上挨了一拳，皱起眉头说道：

“阿信，你还在说这种话！看来你是真的不相信我。”

繁太郎说完，露出洁白的牙齿，斯文地笑了出来。阿信开始有点晕晕然了。

“像你这种英俊的男人，为什么要娶我这种女人？娶我这种丑女。”

结果，繁太郎大吃一惊地说：“丑女？阿信？”

“是啊。”阿信点头说道。

“阿信是丑女？这到底是谁说的？”

“大家都这么说呀！”

繁太郎哈哈大笑：“那种话，你当耳边风就好了。他们是在嫉妒。”

“嫉妒？”

“是啊。说我英俊，什么嘛！那也只是在取笑我。”

“没那回事。大家都是这么说的。深川的年轻女子都在追求你呢！”

“那只是谣言。”

“难道你没收到情书？”

繁太郎往前挪了一下膝盖，挨近阿信，望着她的脸愉快地说：“咦，你在吃醋吗？”

简直是在跟布帘子比臂力——白费力气。阿信如此暗忖。

而且，繁太郎又喃喃地说出了令人惊讶的话：“阿信是个大美人。”

阿信张大眼睛说道：“你是神志清楚地说这话？”

“当然清楚。你过来。”

如此，阿信总算顺利度过新婚之夜。这样一来，她可就是繁太郎名副其实的媳妇了。

话虽如此，阿信心里还是有疑问。不，是越发困惑了。繁太郎入睡之后，阿信闻着新换的榻榻米味，一边细细地思前想后。

太奇怪了。

透过媒婆的安排，阿信在嫁进来之前，曾和木屋的老板夫妻俩见过几次面，但那两个妹妹，是今天婚礼席上才第一次见到。大妹阿静十四岁，小妹阿铃十二岁。两人都如花似玉，正值逐渐长成妙龄姑娘的时期，但不知为何，据说大约一年前，两人都患上一种心病，整日闷闷不乐，足不出户，而且饭也吃不下，严重时甚至连发髻都懒得梳，很教人担忧。虽然看过好几位医生，却毫无起色。于是，家人认为干脆让她们离开江户，送她们到箱根的亲戚家疗养了约半年，这次是因为哥哥的婚礼，专程回到深川——事情大致如此。

对阿信来说，她们是必须与公婆同样用心伺候的小姑。到底是什么样的女孩，阿信内心相当忧虑。今天她们双手贴在榻榻米上向阿信打招呼，两人声音甜美地向她道贺，并说很高兴哥哥迎娶阿信当她们的嫂嫂，阿信听后，打从心底松了一口气。

可是，当阿信抬起头来，看到阿静和阿铃的脸时，几乎要停止呼吸。

虽然从繁太郎的五官看来，这的确很有可能，但两人真的美得令人吃惊。可是她们却异口同声地说，能娶到像嫂嫂这么漂亮的媳妇，哥哥实在很幸福。

她们不像在挖苦，看起来似乎是真心话，与刚才繁太郎搂着阿信说“你是个美人”一样，都是一副认真且出自内心的样子。

这一家人有毛病。个个怪得令人莫名地感到可怕。阿信完全睡不着了。

三

怀着奇妙的疑惑及解不开的谜，木屋的年轻媳妇阿信，日子过得比预想中的愉快许多，而且有意义。她本来就不讨厌做事，当然更快活了。

木屋虽是木屐铺，但并非只卖成品，也帮人补修或装置木屐齿，或更换木屐带。要制作质量良好的商品，必须从挑选材料开始。繁太郎的父亲七兵卫，本来是个走卖木屐齿的小贩，挑着一套工具箱做生意，在他这一代便将铺子经营得这么大，所以他总是忙上忙下，每个角落都照顾得无微不至。老板娘阿文，也不是那种闲着没事专门虐待媳妇的人，她也是那种认为和丈夫一起做生意比较愉快的勤快女人。

阿信很满意这对公婆。七兵卫看中并请进铺子的师傅们，以及他所培养的众多学徒，还有自小受阿文训练、养大，目前负责铺子厨房杂事的下女阿吉，阿信都很满意。而且，跟阿信一样，大家也都对阿信心怀善意。大家有共识又勤快，铺子里的事情都能圆满解决。

当然，繁太郎依旧深爱阿信，对阿信温柔得令阿信偶尔想捏自己的脸颊。他是个毫无缺点的好夫婿，无奈他与父亲不同，手不灵巧，不大可能以师傅一职为生，所幸他善于算盘，将来就算以在算盘上的长才领导众人，应该也不为过。

阿静和阿铃这两个小姑，也跟阿信很亲近，有时甚至令阿信觉得三个人是亲姐妹。对这两个小姑的美貌和可爱的举止，阿信有时会莫名地感到难过，不禁噙着泪。当阿静和阿铃察觉时，又会担心到令人同情的地步，这令阿信对她们更加怜爱。

只是，有件事令阿信很担忧，那就是这两个可爱小姑的心病总是不见好转。母亲阿文也很伤心，时常要两个女儿去参拜不动明王神，或邀她们看戏，或说要为她们新订做窄袖服，经常提出各种可以令心情愉快的事，但两个女儿虽然很感谢母亲的心意，却完全快乐不起来。仅从这点，对阿信来说就是谜中谜，束手无策。

日子就这么一天天过去，七夕节到来了。木屋也买回一株大竹叶，插在院子一隅，并在窄廊摆上供品。所幸这天没下雨也没乌云，银河高挂天空，像天女拖得长长的下摆，看起来很美。

大杂院出身的阿信，至今从未如此风雅地过七夕。来到月光映照的院子，她深深咀嚼自己的幸福，同时又感到有点悲哀——啊，阿爸自己一个人不知道在做什么。她轻轻叹了一口气，接着感到耳后好像传来一声同样深怕别人听到的叹息。

阿信悄悄回头，看到阿静垂着头，站在竹叶旁，上面挂了许多五颜六色的诗笺。看起来，她好像在哭泣。

阿信挨近她，搂住小姑的小小肩头问道："怎么了，阿静？"

阿静将头贴在阿信粗壮的肩上。

"嫂嫂，我很哀伤。"

"为什么这么哀伤？"阿信对着她笑，"像阿静这么好的姑娘，不会有什么哀伤事的。"

"不，我一点都不好。"阿静撒娇地摇头，"你看，我长得这么丑。我再怎么等待，也等不到牛郎那样的人。"

平时因忙于日常生活而遗忘了的那个疑问，此时又猛然冒了出来。阿信伸出手捧着小姑细长的下巴，抬起那张美丽的脸，凝视着她的双眼问道：

“阿静，你跟阿铃为什么都认为自己长得很丑？去照照镜子，不然也可以去照照水洼。像你们这样漂亮的姑娘，就算找遍全江户恐怕也找不到第二个。”

阿静用手背抹去眼泪，寂然地笑着说：“谢谢，因为嫂嫂很体贴才这么说吧。可是，我跟阿铃都明白，我们真的丑得可怜。”

阿静伸手摸着挂在竹叶上的诗笺：“今天我也在诗笺上写了愿望，希望我能变漂亮一点，可是，我知道那根本是在做梦，根本一点用都没有，因为容貌是不会改变的嘛。”

阿信小心地问：“阿静，你跟阿铃的心病，是不是就是因为这个？”

阿静没有回答，但阿信认为绝对是因为这样。这两个孩子，明明长得这么美，却不这么认为，就像有些人明明穿着绫罗绸缎，却以为穿的是破衣烂衫。

不，或许不是以为，在这两个孩子的眼里，也许真看成这样了。阿信觉得背脊一阵发凉。

搞不好，繁太郎也一样？那人明明长得那么俊秀，但他自己或许也不这么认为？

阿信想起一件事，就是连七夕的今晚，木屋也没在窄廊摆放盛水的水桶，不打算邀集大家一起观赏水桶里映照的星星。明明一切都备齐了。

“阿静，今晚没在窄廊放盛水水桶，也是因为这个吗？”

阿静哀伤地点头："是的。看到脸会很难过。我们连照镜子都觉得很讨厌。"

"阿爸和阿母也这样认为吗？"

对于阿信这个问题，阿静再度点头："不过，阿母安慰我们，总有一天，一定会有不在乎容貌、爱上我们个性的人。"

之后，阿信找机会偷偷进了两个小姑房间和婆婆房间，查看她们使用的镜子。

果然如阿信所猜测的，每面镜子都模糊不清。她又偷偷问过负责厨房的阿吉，阿吉说已经好几年没请人磨过镜子了。

"太奇怪了。这个家里明明有三个女人。阿吉，你不觉得吗？"

不料，阿吉竟缓缓地摇着头回答："我们跟少奶奶这种漂亮的人不同，我跟老板娘和小姐们根本不想照镜子。"

咦，连这姑娘也是。阿信觉得自己大概被狐狸精蒙骗了。

因为，阿吉虽然不如阿静和阿铃那般美，但也长得不错；而婆婆阿文，能生下那么美的子女，当然不可能是丑女，而且现在也还相当漂亮，年轻时肯定更亮眼；公公七兵卫也是五官端正。

这样的一家人，竟然都指着丑到没话说的丑女阿信说她"很美"，而且自认为很丑，丑到不要说是镜子了，连盛水水桶也敬而远之的地步。尤其是阿静和阿铃，甚至沮丧到若是就此置之不理，将使病情加重，恐怕会到寺院当尼姑，搞不好甚至寻短见。

这会不会是一种作祟？

阿信认为，自己刚嫁进来时的直觉很正确，果然是被什么东西蒙骗了。一定有什么东西附在这家人身上，把他们推进了不合理的痛苦深渊。

之后，因为阿信日日夜夜都在想这件事，想得过于入迷，结果终于传到管束向人作祟的灵魂的鬼神耳里吧，谜底主动向阿信浮现了。

开始吹起初秋凉风的七月的某个黄昏。由于阿信对自己的臂力很有把握，在替阿吉汲洗澡水时，映照在水桶里的阿信的脸旁突然出现另一张年轻女子的脸。

阿信回头一看，不见任何人，但是水桶里的确映照出另一张脸，陌生的年轻女子脸上挂着笑容。阿信恍然大悟。

“是你在作祟？”

阿信一叫出声，女人便消失了。

四

事情发生的当天晚上，阿信做了个梦。

映在水桶里的那个年轻女子坐在阿信枕边，手里拿着一面小镜子，微微垂着头。四周明明一片漆黑，却隐约浮现女子的身影：瘪瘪的小小发髻，有点凹陷的嘴巴，肌肤也灰灰暗暗的，是个不美的女子。阿信暗自认为，这女子跟自己一样，所以才出现在自己眼前的吧？

“正是你想的这样。”此时女鬼开口了，“你不怕我？”

“是有点恐怖。”阿信老实回答，“你来到我梦里，坐在我的枕边，是想带我到阴间吗？”

“不是。”年轻的女鬼微微撇着嘴笑了出来，“我是认为，你应该会把我的话听进去。”

女鬼自称久美。

“我啊，以前是阿文的情敌。”

久美远在二十二年前，直至阿文跟木屐齿小贩七兵卫成为情侣，组成家庭之前，一直暗恋七兵卫，是个不起眼的商家姑娘。

“我家是小小的五谷批发商。不是我自夸，当时的我，日子过得比阿文舒服多了。”

可是，七兵卫不顾痛哭着表白心意的久美，选了阿文。

“他说，那一个比较漂亮。”久美喃喃自语，“七兵卫说，每次看到阿文，总觉得为了这个女人任何苦都能吃。但是我的话，就不行了。七兵卫眼里根本没有我。我只是个像田里的稻草人一样站在一旁的人而已。稻草人只要有张好笑的脸，还可以引人注目、惹人发笑，比我好多了。”

“婆婆跟你比起来，在容貌上确实很不一样。”阿信说道。接着，阿信发现久美手中的小镜子模糊得像十年来从未磨过。

久美不高兴地噘着嘴说：“你没资格说我。你还不是长得跟我差不多。”

阿信扑哧笑了出来：“说得也是。”

阿信边笑边想到久美内心的痛苦，而自己早已忘却的苦闷又再度涌上心头，像是吃到酸东西，喉咙里紧缩了一下。那种无法改变容貌，那种看清楚了自己将来会走的路的心情——而且不管怎么走都是泥泞——这种女儿家的心，只有同病相怜的人才能理解。

总之，久美也是“看中容貌”的受害者。她说，遭到七兵卫无情的拒绝而深受创伤，极为伤心，有阵子甚至以泪洗面。

“每次照镜子都很难过。”

不久，久美因为食物中毒不幸过世。那时她的身子已经很虚弱，医生也束手无策。

“要是没有那件事，也许我可以找到比七兵卫更好的夫婿。”

这是其一。但更令久美遗憾的是，若能活久一点，当时七兵卫之所以会说“为了阿文任何苦都能吃”，是否真的只是基于阿文的美貌——这谜底也就可以揭开了。

久美说得没错，美女往往可以占上风。但是，可以让恋爱结果的，并非只是美貌而已，让男人动心的也并非只限于美貌。一定有其他某种东西，阿文有而久美没有，也或许只是单纯地跟七兵卫不合。沉浸在木屋幸福的生活里，阿信逐渐能够这么想了。

“反正，出于种种原因，我就捉弄了这家人。”久美说道。这时，久美的眼角浮现阴险的神情。“我让阿文和七兵卫，还有他们的小孩，在看到漂亮的脸时不觉得漂亮，而在看到你这种丑女时反而觉得很美。”

阿信睁大眼睛说道：“你也真是造孽。”

屈指一算，她已作祟二十年了。

“你也应该满足了吧？别再作祟了好不好？”

“话虽这么说……”久美说得含混不清，“老实说，我也开始觉得过意不去，正打算停止这种恶作剧。”

她说留恋世间、对人作祟，因而去不了该去的地方。

“既然这样，你就不要再在木屋作祟了。这对你自己也比较好。”

结果，久美翻着白眼望着阿信。

“我是无所谓啦。这样好了，只要在院子的角落弄个石灯笼，我马上停止作祟。”

“好啊，这很简单。”阿信答应了，“你不用拜托，我帮你做。这种劳力的事包在我身上。”

“那你顺便帮我埋面磨得光亮的镜子好不好？”久美举起模糊不清的镜子，怯懦地说，“我只有这面镜子。”

这正是所谓的害人害己。

“没问题，我帮你埋。其实你长得比我好看。对着镜子笑一笑，心情就会好很多。”

虽然不知道鬼有没有心情好不好的问题，但阿信仍极力地劝她。再说，阿信总觉得，这个长相难看的久美很可怜。

“我帮你做。我答应你。你放心。”

久美笑了。但是她又说：“不过……”

“还有什么问题吗？”

久美嘟囔着：“你有没有想过，要是木屋的人都恢复正常了，你会怎样？”

久美如此一问，阿信才暗暗吃了一惊。

久美说得没错，阿信心想。是呀！要是繁太郎和公婆都恢复正常了，自己到底会怎样？

刚刚还认为能让恋爱有结果、打动男人的，并非只有美貌，现在那些想法却整个反扑而来。真的吗？阿信，你真的这么认为吗？那你又会怎样呢？

当事情发生在自己身上时，你还能平心静气地这么认为吗？

搞不好……

他们会认为阿信是个门不当户不对的媳妇，当场写下休书！

万一事情演变到这种地步，肯定没有人会出面阻止。门不当户不对是造成离婚的根源，但是那不是专指门第而已。阿信认为，那也包括引发不必要的嫉妒或争执等，也就是外貌不相配的这种事。

若作祟消失了，我便无法继续当木屋的媳妇。

也就是必须跟繁太郎以及可爱的小姑们分离，也将结束少奶奶的日子。不仅如此，他们大概会不敢相信自己的眼睛，为何会迎娶阿信这种女人当媳妇，最后大概会对阿信指指点点，边嘲笑边将她赶出木屋。

因为，我比久美更丑，丑到无以复加的地步。

啊，到时候自己一定会受不了。阿信很喜欢木屋的人。她喜欢繁太郎，也喜欢七兵卫和阿文、阿静、阿铃，以及阿吉。

她不想离开这个家。

“所以嘛，我才在你面前出现。”久美过意不去地喃喃自语，“对不起啊……要怎么做，都由你决定好了。”

久美留下这句话便消失了。阿信则打着哆嗦惊醒过来。

之后，阿信感到十分痛苦。

在她的日常生活之外沉积着令人心痛、难过的感情。作祟还是不作祟，只有阿信能决定。其他人根本不知道这件事。

每当阿信与繁太郎并肩走在八幡宫祭典市集，内心充满幸福时，就会不经意地想起脸上挂着泪痕、垂头丧气的阿静。那种歉意和利己的感情纠葛在一起，总令阿信感到走投无路。

阿信有时也会凝望着有如小鸟般只吃一点东西、成天悲伤地躲在卧室的阿铃暗下决心，认为不能再这么下去，即使会被赶出这个家，也一定要除去邪祟。可是，往往不到半个时辰，阿信又会想到，一旦离了婚，阿爸就算做到弯腰驼背，大概还是得一直挑着担子叫卖蔬菜，而自己也会坐在堆积如山的订做或缝补衣物中，毫无乐趣地老去。一想到这里，阿信就动摇了。她会觉得，啊，只要我装聋作哑就没事了，只要告诉阿静和阿铃，对女人来说容貌根本不重要，让她们尽量快活地过日子就好了。这样一来，她就又不想放弃眼前的生活了。

如此大概过了一年，阿信怀孕了。

木屋的人得知长孙即将出生的消息时，高兴得天花板都要塌了。所幸，阿信的身子很健壮，孕吐不严重，顺利地怀胎十月，分娩时间也不长，生下了皮肤白皙、在阿信眼里简直像是人偶般可爱的女儿。女儿取名为“道”。阿信簌簌地流下了幸福的眼泪。

然而——

“看来，孩子似乎长得像我这边了。”听到繁太郎苦笑着如此喃喃自语时，阿信暗吃一惊。不仅繁太郎，木屋的人反应都差不多。因疼爱阿道，大家在人前不会那样说，但阿信听到公婆和阿静、阿铃在暗地里窃窃地说：

“啊，要是像阿信就好了。”

“好可怜，长得跟我们一样。为什么不长得漂亮一点呢？”

一个月、两个月过去了，婴儿越长越大，喊她的名字“阿道”时，她也会笑了。不久，她开始会爬、站立，然后开始走路……

孩子会逐渐长大，阿信内心对此感到很担忧。孩子将长成妙龄姑娘。而且，这样下去的话，等孩子懂事了，也会跟阿静和阿铃一样，因自卑而难过，大概也会错过眼前的幸福。事实上，正值花样年华的阿静，对多不胜数的提亲全部拒绝，她就跟当初繁太郎来提亲时的阿信一样，她说：

“看中容貌想娶我？那一定是开玩笑的，你们就拒绝吧。不要管我了。”

然后每天哭泣。

对不起啊，阿信在心里向两位小姑道歉。对不起啊。你们的痛苦，正是阿道将来的痛苦。

事到如今，再也无法坐视不管了。我大概将会被赶出这个家，而繁太郎或许会休掉我，可是，即使这样也无所谓。阿道将来的幸福比较重要。

因此，阿信在院子里摆设了石灯笼，也在石灯笼下埋了磨得光亮的镜子，祛除久美的作祟。

后来事情变得如何？

什么都没变！阿信不但没有被休，而且与繁太郎依旧过着亲亲热热的日子。阿静和阿铃则完全恢复活力，再过不久，阿静也因对方恳切的求婚，即将嫁进旗本家。两人与阿信的交情一直很好，与昔日无异。

阿信依旧受到木屋大伙儿的敬爱和疼惜。

阿信请来磨镜的人将镜子磨得光亮，她照着镜子，有时会这么想：看吧，我或许也会渐渐变成美人吧？

第五篇

庄助的夜着

一

据说，庄助在马喰町旧衣铺找到那件夜着，是稻荷屋过完每年惯例的七夕祭的第二天。

稻荷屋是家小酒屋，在深川小名木川的高桥东边桥畔静静地挂着招牌。铺子门面小，只要十个客人就足以挤得邻座的人手肘互碰，但因这家铺子已是老字号，老板五郎兵卫一个人常忙得手忙脚乱。

庄助在稻荷屋帮五郎兵卫做事以来，到这年夏天刚好是第五年。至今有关庄助的独居生活，五郎兵卫很少过问，但这回对庄助在旧衣铺买了夜着一事却有点好奇。因为是平素沉默寡言的庄助主动提起的，而且他当时的表情显得格外高兴。

“老板，那看起来像是新的。是用上等麻布做的，盖着睡觉，干干爽爽的很舒服。”

庄助如此说道，很得意自己买到好货。

庄助虽是个三十过半的大男人，有些地方却像个涉世未深的孩子。五郎兵卫当然深知这一点，但还是觉得有点怪。不过是一两件夜着，为什么这么高兴？

“喂，庄助，你是不是打算成家了？有了喜欢的女人，才买新夜着的吧？”

五郎兵卫一边搅拌凉菜的调味味噌，一边套话，庄助耳朵微微涨红地摇着头说：

“没那回事。要是有的话，怎么可能不告诉老板？我虽然很笨，但不是那种忘恩负义的家伙。”

庄助突然一副不知所措的模样，明明没必要，他竟然四处搬动给客人坐的旧酱油桶。五郎兵卫扑哧笑了出来。

“已经扫过地了，你别再弄得到处是灰尘。你刚刚为什么转过去那边？”

“对了，我是想挂帘子。”

耳垂还涨红的庄助，搬着沉甸甸的绳帘走了出去。五郎兵卫强忍着笑。

那晚，庄助没有再提起“好货的夜着”。庄助本来就是一见到客人反而比平常更寡言的人，再说，五郎兵卫也没放在心上。话虽如此，五郎兵卫仍记得，自己当天边做生意边用眼角观察庄助。

果然是发生了什么事。

五郎兵卫怎么看都觉得是这样。他好几次看到庄助脸上一副幸福的模样，不论是送酒给客人或收拾盘子，嘴角有时会无缘无故地浮现微笑。

那晚，铺子打烊后，五郎兵卫回到老伴儿阿高和独生女阿由等着的住处时，庄助那暗自微笑的表情仍挥之不去。庄助的那个笑容，无邪、坦率且充满喜悦，五郎兵卫一想到不禁也浮出类似的微笑。

“你也真是的，怎么一个人边想边笑？”

“阿爸，你有毛病！”

在座灯旁紧挨着头缝制窄袖服的老伴儿和女儿，分别这么说道。

“唉，对不起。其实也不是什么大事。”

五郎兵卫虽然觉得把庄助当成下酒菜有点过意不去，但毕竟不是什么见不得人的事，干脆就说出来吧。于是，五郎兵卫将庄助在旧衣铺买到麻布夜着的事告诉了老伴儿和女儿。

“原来是这样。”阿高笑了出来，“庄助先生一定有喜欢的女人了。这不是很好吗？”

“你也这么认为吗？我也这么认为，所以问了庄助。”

“难道他说不是？”

“耳垂都涨红了。”

阿由一听也微笑着说：“这点倒是很像庄助先生。”

今年春天满十八岁的阿由，是五郎兵卫和阿高引以为傲的女儿。连说话刻薄的大杂院管理人都这么说，到底要怎样扭转你们夫妻的哪个地方，才会生出那么漂亮的女儿，实在想不通！

只要是说女儿好，别人那样说，五郎兵卫也不会生气。甚至他自己有时也会这么想，管理人说得没错，对他们夫妻俩来说，那的确是个容貌过于出色的女儿。

等今年夏天一过，秋风刚吹起时，阿由将嫁进川崎的一家干货大批发商家。五郎兵卫的稻荷屋，只有那家批发商的招牌那么大。虽然两家的规模相差悬殊，但五郎兵卫认为，那没什么，反正自己的女儿到哪儿都不输人。

我过去的苦没白吃。

望着女儿的脸，他可以坦坦荡荡地这样想。五郎兵卫觉得自己是个幸福的父亲。

二十年前，五郎兵卫三十岁那年，独力经营稻荷屋。当时铺子比现在小，与其说是小酒屋，倒不如说是小摊贩，所以五郎兵卫一个人也照顾得来，但赚的钱也仅够他勉强糊口而已。

阿高是当时五郎兵卫进货的一家酒批发商的下女，因而与五郎兵卫认识。稻荷屋开店约一年后，两人才结为夫妻，当时两人费心商讨后，决定拜托阿高铺子的老板让她继续待下去，而五郎兵卫则负责经营稻荷屋。不久，阿由出生了，阿高依旧背着婴儿做事。那时日子仍苦得不得不这么做。

为了糊口过这样的日子，这对夫妻不知不觉竟也习惯了，二十年后的现在，即使稻荷屋的生意好到需要雇庄助帮忙，阿高依旧在酒批发商当下女，至今从未以老板娘的身份出现在稻荷屋，因此，有些老主顾以为五郎兵卫仍是个单身汉。

每天天亮前起来一起吃过饭，阿高便到酒批发商那儿做事，五郎兵卫则前往鱼市。晚上，五郎兵卫关上稻荷屋，从高桥桥畔通过两个町大门回到家时，阿高也回来了——大致都是这样。然后一起吃很晚才吃的晚饭，之后就寝。

然而，正因为阿高二十年来都在同一家铺子认真工作，才有阿由这回的亲事。这是阿高做事的那家酒批发商老板提起的。对方的干货批发商与阿高工作的铺子老板是老交情。这门亲事，阿由要嫁的少爷是日后的继承人。

这门亲事对阿高做事的那家酒批发商来说也很重要。老板认为，既然是阿高的女儿，一定没问题。而老板会这么说也是理所当然的，因为阿高做事向来尽心尽力。虽然她是通勤下女，但是在铺子的下女中地位最高，掌柜们也对她另眼相看。过了七十七岁生日已经退隐的大老板的身边琐事也都让阿高负责。他说非阿高不可。

话虽如此，阿高是个懂分寸的女人，最初老板提起这门亲事，她说不能擅自答应而拒绝了。阿高说，我家女儿不是那种当少奶奶的人。

阿高认为反正一辈子都得做事，很早就费尽心思让阿由学得一技之长。因此，阿由现在已有一身卓越的缝纫技术，甚至往后可以靠此为生。但是另一方面，则完全没有让阿由接受礼仪见习之类的事，就这一点，阿高便不能答应这门亲事。

可是，酒批发商老板和提亲的人，都没轻易就此作罢。问了原因，才知道是少爷，也就是阿由日后的夫婿，本来就不打算娶只懂得礼仪规矩的花瓶女人，他希望娶个能和他一起管理铺子的聪慧媳妇，而且，当他听到是下女总管的女儿时，最初有点迟疑，后来偷偷看过阿由，据说所有犹豫全都一扫而空。

因此，首先是阿高被打动了，接下来是五郎兵卫，最后连当事人阿由也被打动了，这才定了这门亲事。

夫家送来十两巨款，说是给阿由准备嫁妆。眼前阿高和阿由忙着缝制的窄袖服，正是用那笔钱买的布匹。五郎兵卫认为出嫁前会很忙，干脆花钱请人缝制，但是阿由不肯。

“太浪费了。”阿由说道，“再说，我也可以练习针线活。我要自己缝。”

因为新娘嫁衣必须配合对方，无法由这边擅自决定，所以此刻媒人和酒批发商老板夫妇正用尽心思替阿由准备。大概会订制与阿由相称的新娘嫁衣吧。

一想到此，五郎兵卫总觉得心里像是注入了热水。那热水，有时温温的，令人很舒服，但有时又稍嫌太烫，甚至会刺痛五郎兵卫的内心深处。当他想到阿由将离开身边时，有时会觉得像是划开了身体的一部分似的。

不行，不行。

此时，五郎兵卫会努力说服自己。

阿由抓到了意想不到的幸福，应该为她高兴才对。

由于是母亲老板那方做的媒，万一阿由不满意对方，反倒会害了阿由。五郎兵卫和阿高起初很担心这一点。但阿由只是单纯地接受对方少爷的感情，似乎逐渐喜欢上对方了。这点让五郎兵卫非常高兴。

不知是否阿由比较晚熟，至今从未表示有意中人，再说，她本来就看似与恋爱无缘。虽然别人都说明明长得这么漂亮，但老实说，五郎兵卫曾暗自担心，太漂亮或许也不好。

然而，真是谢天谢地，毕竟还是不乏有眼光的人。天大的幸福在等着阿由。现在想想，至今都没有过感情的事，对阿由来说反而比较好。因为阿由可以嫁给有生以来第一次便真心相许的男人。

由于是穷人家，五郎兵卫一家从不浪费灯火，晚上总是早早就寝，但自从阿由亲事订了之后，晚上都点着灯，不是商讨种种琐事，就是天南地北聊得入迷，因而时常熬夜。今晚，阿高和阿由也是边缝制窄袖服边小声地不知在聊些什么，五郎兵卫只是出神地望着母女俩，喝着自己所定下的一天只喝一杯的凉酒，偶尔打打瞌睡。虽然很困，但又觉得这么躺下睡去太可惜了。这种愉快的心情，即使将军殿下拿江户城来换，他也不换……五郎兵卫边打盹儿边这么想。

分不清是梦还是想心事地打着瞌睡时，五郎兵卫偶尔也会想起庄助的那个笑容，那个似乎是既害羞又高兴的笑容。想到那家伙或许也遇见春天了，五郎兵卫的喜悦便又增添一分。

“哎呀，阿爸，睡在那里会感冒呀！”

远远传来阿由的声音。这也很舒服。

可喜，可喜。

最初，事情就是这样，一切看似毫无问题。

二

庄助的样子很怪。

自从听到旧衣铺的夜着一事，已经过了约半个月，五郎兵卫第一次有这种感觉。离阿由的婚礼还有一个月。终于只剩一个月了，五郎兵卫有时也会感到舍不得。

正因为这样，他每天忙个不停，完全忘了庄助和夜着的事。此外，又因为深信他或许是有了意中人，大概是那回事吧，总觉得一个劲儿地追问也很不知趣。若是喜事，就算不闻不问，庄助那家伙肯定也会一副想说的样子，到时候再好好取笑他一番就是了。只要不是上了坏女人的当，反正是喜事——五郎兵卫正是这么想的。

可是，有一天晚上，他不经意看到送客人出门的庄助的背影时，突然发现了一件事。

怎么好像消瘦了？

庄助的身材，与个子矮小又没肉的五郎兵卫就不用比了，但是若与年龄相仿的男人相较，他也是很魁梧的。他自己甚至说过，小时候虽然个子高大，个性却很懦弱，时常遭人欺负。

自从在五郎兵卫手下做事以来，庄助始终给人这种印象。这铺子虽小，毕竟是服务业，他却无法对常客说句讨好的客套话，偏巧又笨手笨脚，连简单的料理事前准备也必须很耐心地教，否则总是学不会。

反之，劳力的工作，庄助都愿意做，而且做得相当好。以前有几个深川的木筏师傅，偶然路过进到店里，喝醉后大吵大闹，说这小酒屋都是男人很乏味。那时，庄助没给其他客人添麻烦，也没任何人帮忙，更没出手打架，只是推着他们，就把那些人赶了出去。因为都是以木材为生的木筏师傅，当然不是力小气弱的人，但是他们离去时，却丢下一句："那家伙，真是牛劲！"令五郎兵卫非常佩服，也对庄助刮目相看。

而那样的庄助的背影，竟消瘦了许多，连肩膀似乎也下垂了。

一旦察觉了，即使在稻荷屋雾蒙蒙的亮光下，也不难看出庄助的脸颊有些凹陷，脸色也有点灰暗。老是忙着自己的事，竟然对这些都视而不见。每天见面的庄助变化如此之大，为什么没有早点发现呢？老是想着阿由的事，竟忽略了其他重要的事。

"喂，庄助，你哪里不舒服吗？"

那晚，五郎兵卫如此问道。庄助一如往常以胆怯的眼神望着五郎兵卫回答：

"哪里都没病啊。"

"不是瘦了很多吗？"

"是吗？大概是夏天没食欲才瘦的吧。"

庄助完全不当一回事。五郎兵卫也只能作罢。

然而，第二天、第三天，连续注意了三四天，庄助的脸色依旧灰暗，也确实逐渐消瘦。五郎兵卫认为，这根本就不是什么夏天的瘦法。他在我这儿过了五个夏天，不是从未这样吗？

“庄助，你好像没有元气。”

“没那回事啊，老板。”

庄助总是如此冷淡回应。

再也憋不住的五郎兵卫，终于在某天晚上收进绳帘后，招手唤了庄助。

“唉，你就坐那儿吧。偶尔跟你喝一杯好了。”

庄助神情慌张地说：“老板，我不会喝酒……”

庄助虽在小酒屋做事，却不会喝酒。五郎兵卫也深知这一点。

“哪里，不是硬要你喝。你也知道，阿由快出嫁了，我也总是……嗯，心情像是寂寞又像是松了一口气。你就做个样子，陪我喝一杯吧。”

听五郎兵卫这么说，庄助才慢吞吞地坐在角落的酱油桶上。他看起来有点惴惴不安。

难道是有不想让人知道的事？

五郎兵卫隔着盛满凉酒的大茶杯打量庄助。

“我说，庄助，最近你好像没什么元气。你不要用夏天消瘦的理由搪塞，因为你从来不曾这样。是不是有什么烦恼？”

庄助频频用大手掌擦汗。虽然是夏夜，但此刻铺子十分通风，何况又没有忙着做事，根本不可能流汗。

“是不好意思说的事吗？”五郎兵卫压低声音说道，“难道是赌博或女人的事？还是向人借了钱？”

为了让对方比较容易说出口，五郎兵卫挂着笑容这么问道，但庄助只是垂着头。他像是不知道该将大身子摆哪儿似的，极力地缩着身子，缩着肩膀，也缩着脖子。

“是不能对我说的事？”

五郎兵卫不想让人有被逼问的感觉，尽量平心静气地问。再说，也没必要逼问。他真的是基于担心才问的。

可是，庄助把手贴在后脑，只低声回了一句。

“因为不是能说清楚的事……”

“很麻烦的事吗？”

“我脑筋不好。”

五郎兵卫有点无言以对，只能看着庄助。

虽说有五年的交情，但五郎兵卫仍不太清楚庄助的事，连庄助到底几岁，他也不是很清楚。

庄助留在稻荷屋做事完全是出于自然。五年前的夏天——正好是现在的这个时期——有个全身肮脏、看似好几天没吃东西的高大男人来到稻荷屋铺子前，拜托五郎兵卫随便给他什么东西吃都行，他身上没钱，但可以帮忙做事抵饭钱，事情就是这么开始的。

那时，说实话，五郎兵卫有些不快。男人不但身上的衣服脏，头发也很蓬乱，脚上穿着一双破草鞋，一看就是从老远的地方走来，好不容易才来到江户的。

五郎兵卫当时认为，大概是郊外的农民，日子过不下去来江户找工作之类的。又认为，可能身上小心翼翼地藏着仅有的一点钱，在这到处都是陷阱的江户被偷了，因而走投无路。

尽管如此，五郎兵卫还是说了，要是愿意的话，帮忙整理下堆在铺子后面的破烂，将空酒桶搬到批发商那儿——当时为何会提出这种条件让他抵饭钱，此刻的五郎兵卫仍然想不通。

庄助——那天，等他吃完饭，缓了缓气，才总算问出这名字——是看起来很老实，还是看上去非常可怜，一副走投无路的样子？或是，就像之后阿由第一次看到他时所说的那般？

——那人的眼睛很清澈。阿爸，他一定不是坏人。

当时，五郎兵卫对扒着饭的庄助问道："你为什么挑上我的铺子？"庄助嘴边沾着饭粒，像是不立即回答便很过意不去似的赶紧说：

"因为铺子里只有老板一个人。"

"其他铺子不是吗？"

"有女人在的话，她们会嫌我，把我赶走。她们会怕我。"

五郎兵卫不发一语地伸手帮他添饭。

那天，等庄助做完抵饭钱的工作，五郎兵卫试着说，明天要是肯来帮忙，可以让你吃晚饭。庄助连忙答应，第二天依约前来。

这样大约持续了十天，五郎兵卫又对庄助说，工资大概少得可怜，但是可以帮你找住的地方并供餐，要不要留在这儿做事？结果他就一直待到现在。

庄助做了一个月左右，他问老板，你不认为我笨手笨脚是个没用的人吗？

五郎兵卫一听十分惊讶。庄助的确手脚不灵活，但他又老实又正直。如果说这种男人是没用的人，那么世上大概到处都挤满了无用的人。

庄助很怯弱，怯弱得不得不那样问雇主，当时五郎兵卫早就知道这一点，所以，尽可能温和地回答："你不用担心那种事。庄助，你很勤快。"

庄助听后，有如小孩受到夸奖，显得很高兴。接着，他说出了自己的事。

"八岁那年，我帮父亲推大板车……因为是泥路，大板车翻倒了，车上的货砸到我头上。我忘了是什么货。只记得是个很大的四方形，用草席包得紧紧的。那东西砸到我头上，听说我昏睡了三天。我阿母说，因为那样，我才笨手笨脚，比别人反应迟钝。"

五郎兵卫摇头说道："我不是怪你阿母，但你会这样胆怯，不是因为小时候头部受伤而变得迟钝，是你从小听那种话长大的关系。所以，你最好忘掉那些事。"

事实上，庄助的确是不辞辛劳地认真做事。五郎兵卫从未对他感到不满，相反地，他希望庄助更自信一点。

除了头部受过伤这件事，无论问他什么，庄助总是不肯说。来稻荷屋之前到底做过什么事？家住哪里？有没有替别人做过事？

不管问什么，庄助都只是一脸困惑。大概有难言之隐吧！这些情感日积月累，才令庄助变成这般寡言吧。

"我很清楚你不善于说话。"

五郎兵卫喝了一口凉酒，接着说道：

“但是，庄助，如果你真的是为了我所担心的那种事烦恼，没有什么不能说的。要是真的是赌博或借钱之类的……”

庄助摇头说道：“不是那样。要是那样，我不会隐瞒的。”

“那，是什么事？”

庄助又缩着身子。

“你说不清楚吗？”

“……老板大概不会相信。”

俗话说“蚊子般的声音”，此刻的五郎兵卫第一次听到了与这形容如此贴切的声音。那声音跟他那魁梧的身材极不相称，尽管令人觉得有点可怜，却也不禁想笑。

“你说说看。没事的，慢慢说就可以了。你先从说得出口的事开始说。”

庄助像个对着眼前的酒准备大喝一场的酒鬼那样，发出好几个吞咽声，还不时挑着眉毛，最后翻着眼珠子往上看着五郎兵卫，小声地说：

“老板，你不会笑我吧？”

五郎兵卫一本正经地回答：“你要是不希望我笑，我就不笑。我怎么可能笑让你烦恼的事？”

庄助听后，发出跟他的身材很不相称的可爱叹息，然后垂下肩膀。

“我住的地方，每晚都闹鬼。”

三

“闹鬼？”

或许五郎兵卫的声音比想象中要来得尖锐，庄助的表情有如挨打的狗。五郎兵卫赶紧探出身子说：

“别担心，我不是取笑你，也不是生气，只是吓了一跳而已。原来如此，你是说每天晚上都会看到鬼？”

庄助战战兢兢地点头，一副只要一点头，五郎兵卫就会大吼似的表情。

“到底怎么回事？你又没搬家，也没做会遭天谴的事吧，为什么会突然被鬼那种东西缠上？”

尽管庄助吞吞吐吐的，但还是说出下面的事。

“自从买了那件麻布夜着，事情就发生了。”庄助说道，“盖那件夜着睡觉，每天晚上都会梦见一个年轻女鬼。”

五郎兵卫皱起眉头说：“什么样的女人？”

庄助的表情出乎意料地快活：“是个漂亮女子。总是对着我笑，好像很高兴见到我。”

“她有没有对你说些什么？还是对你恶作剧？”

“她不会那样。只是对着我笑，让我也想对她笑而已。老板，真的只是这样。”

五郎兵卫再度端详庄助的脸。他先喝一大口凉酒，接着又喝了一口，才说：

“那，你为什么会消瘦，还憔悴成这个样子？”

庄助突然害羞起来：“我……那个……”

“什么那个？”

“我好像爱上那女子了。”

五郎兵卫张大嘴巴，然后说：“你，爱上鬼了？”

那么是因为相思而憔悴？

庄助辩解般地行了个礼，一副努力想着该怎么说的样子，然后急急忙忙地说：“那女子，不会对我做什么坏事。她是个可怜人。”

“你怎么知道？”

“那女子告诉我的。”

“她说了什么？”

“她说她叫阿吉。”庄助额头冒着大汗，“生前是一家规模很大的针线批发商的独生女。后来遇到强盗，一家人都被杀了，她也在那时死了。”

“那个女人为什么会出现在你面前？”

“因为，就是因为那件夜着。”

“夜着？”

庄助不想被打断似的，尽可能一口气说完：“我买的那件夜着，上面的领口布是用女人的浴衣做成的，也就是拆开浴衣再缝在领口上。虽然已经洗得发白，但是仔细看的话，还是可以看出上面有牵牛花花纹。阿吉遭强盗杀害时身上穿的正是那件浴衣。大概有人连那浴衣也拿去卖，结果几经转手变成夜着的领口布，最后到了我手上。阿吉是这么说的。阿吉正是穿着那件浴衣出现在我梦里。”

五郎兵卫好一阵子不发一语地将双手环抱在胸前，然后喝光剩下的凉酒，挺直沉重的身子说：

“到你家去。让我看看那夜着。”

这里说的“夜着”，并不是一般所谓的睡衣，而是类似现在的盖被，指的是晚上睡觉时盖在身上的衣服，当时称为“夜着”。而“褥子”则是指铺在身子底下的棉被。

此外，当时的夜着形状不同于现代的方形棉被，而是和衣服类似，有领口，也有袖子，里面铺着棉絮。冬天盖的是厚料子，棉絮也比较厚，夏天盖的是用麻布或漂白布缝制的，比较薄。现在冬天使用的“搔卷”，与当时的“夜着”类似。

从那类似衣服的形状看来，又得知上面留有女鬼的记忆，五郎兵卫也感到有点恐怖。再加上是用麻布缝制的，换个角度看，也可以看作死人穿的寿衣。庄助的住处非常狭窄，打个喷嚏都能扬起角落的灰尘。点亮座灯，摊开那个有问题的夜着时，五郎兵卫的双手显得有点畏缩。老实说，他不大想触摸那件夜着。

“就是这件吗？”

仔细看领口布的地方，果然如庄助所说的，隐约可见牵牛花花纹。铺有棉絮的夜着，洗涤时很麻烦，为了尽量保持干净，最容易脏的领口处通常会缝上一层领口布，而用旧浴衣缝制是很常见的事。五郎兵卫家的阿高和阿由也常剪下旧手巾、浴衣缝在夜着的领口上。

“你不害怕？”

五郎兵卫端详着庄助的脸如此问道，庄助断然地摇头。

“我一次也没怕过，也从不认为阿吉很可怕。”

接着，庄助说出了五郎兵卫心里的话。

“我爱上了阿吉。如果我如老板所说的，变得憔悴，那是因为我思念阿吉。”

“所以，请不用担心。”庄助声音愉快地说道。

五郎兵卫无计可施，只能笑着说：

“可是，虽然爱上了，但也无可奈何吧。你怎么跟她结为夫妻？”

“我会小心使用这件夜着。”庄助认真地说，双膝端正跪坐，“以后也是。”

“这样就行了吗？”五郎兵卫不安了起来。庄助会不会有点钻牛角尖了？“真的这样就行了？你不会去找卖这件夜着的旧衣铺，打听那个叫阿吉的姑娘的坟墓……”

五郎兵卫话还未说完，便发现说错话了。因为庄助睁大了眼睛。

“老板，你果然比我聪明多了。”

“庄助……”

“对啊，我可以去问旧衣铺。打听从哪里买的这件夜着，然后再找出那铺子，这样一直找下去，就能更了解阿吉的事，对不对，老板？”

惹出麻烦的五郎兵卫，别无他法，只能叮嘱庄助，往后无论有什么打算，都必须先跟他商量。

四

之后，庄助的相思病日益加深。

原本是独自藏在心里的秘密，如今既然已经向五郎兵卫吐露了，干脆就整个摊开来吧。他几乎每天都喜不自胜地告诉五郎兵卫，昨晚阿吉说了什么，又笑得如何如何，等等。

“老板，我每天都很幸福。”他笑着说道，“幸福得不输阿由小姐。小姐也会过上幸福的日子。我很高兴，因为我也很幸福。”

五郎兵卫不想伤庄助的心，只得勉强笑着听他说，又不想让阿高和阿由担心，也就没告诉她们，打算暂时就自己一个人慢慢观察庄助。由于庄助坚持再去马喰町旧衣铺一趟，五郎兵卫只好陪他去。

那家旧衣铺似乎也卖一堆来历不明的东西，所幸关于那件出问题的夜着，对方并没有任何印象。他或许说谎，也或许是真的。只是，对五郎兵卫来说，那都无所谓。虽然庄助垂头丧气得教人同情，而他也感到很难过，但也认为没线索反倒比较好。

但是，在这段时间里，庄助确实一点一点地越来越憔悴，整个人瘦了一圈。五郎兵卫心里也有些发麻。

那家伙，或许被不好的东西附身了。一这么想，就再也无法保持沉默，于是五郎兵卫对阿高说出此事，母女俩感情非常好，自然也就传到阿由耳中，两人都很惊讶而且难过，比五郎兵卫想象中的要更担心庄助。

“去拜托寺院为他驱邪，怎样？”阿高说道。

这阵子，嫁妆逐渐备齐了，但是阿由比以前更忙碌。最后连洁白的新娘嫁衣也缝制好了，看着那令简朴的家整个明亮起来的白色外罩，五郎兵卫和阿高眼角泛着泪，让媒人老板夫妻俩笑说这时掉泪嫌早呢！

五郎兵卫整个心思都在阿由这里。尽管很担心庄助，但又无法马上为他做什么，于是想再观察一阵子，再等一阵子，日子就这样一天天过去。

也因此，阿由婚礼前三天早上，庄助没到稻荷屋，五郎兵卫起初并不怎么在意，只觉得庄助大概难得地睡过头了。但是，将近中午仍不见庄助时，他开始心绪不宁了。

五郎兵卫关了铺子，急忙赶到庄助住的大杂院，发现庄助不在整理得干干净净的屋内。

那件出问题的夜着整整齐齐地叠在褥子上。五郎兵卫赶紧将它摊开，领口布已经整个拆掉了。庄助应该还有几件衣物，不知是否全部带走了，屋里一件也没有。

庄助……

五郎兵卫问了大杂院的左邻右舍，却没有人知道庄助到底是何时离开的。倒是大家都异口同声地说，最近这个月来，他变得很憔悴，偶尔会看到他眼里噙着泪。

大杂院的人都知道，庄助笨手笨脚的，也知道庄助有自知之明，所以更替庄助担心。

“只是啊，他虽然总是一脸的悲哀，而且消瘦得那么厉害，却常常说不久就要和阿吉姑娘结婚。明明没有人问起，是他自己主动说的，说要去迎接阿吉。”

五郎兵卫一听觉得眼前一片漆黑。

庄助到底去哪儿了？为什么要离开？五郎兵卫想不通，只好找阿高和阿由商量。

“大概是被鬼附身了。”阿高说道，“他说梦见鬼，一定是真的。庄先生大概去找那个阿吉姑娘了。他不是说要去迎接吗？那就错不了。”

准新娘的阿由，不知是不是因此特别容易感动，她的眼神比五郎兵卫和阿高更显得悲伤，而且似乎更感动。

“可是，要怎么找呢？阿爸和庄助先生可能不知道，但是牵牛花花纹的浴衣到处都是。我也有一件啊。光凭浴衣，他要上哪儿去迎接阿吉姑娘呢？”

不过，大概总会找到吧。听到阿由如此喃喃自语，五郎兵卫也只能这么想。

阿由顺利出嫁了，五郎兵卫和阿高两人怅然若失地过日子。稻荷屋的生意依旧很好，少了庄助，五郎兵卫更显得忙碌。一些常客都想知道庄助的下落，但是五郎兵卫只说他回故乡了。

然而，另一方面，五郎兵卫也拜托大杂院管理人不要收回庄助的房间，至少再等一个月，以便让庄助可以随时回来。阿高也认为这样比较好。至于那件夜着，两人说好，没有庄助的允许，最好不要擅自丢弃，于是留了下来。

因此，两人不时轮流去打扫。碍于庄助不识字，也就无法留信给他，只能拜托左邻右舍，要是庄助回来了，请大家叫他马上到稻荷屋一趟。

就在某一天。

由于阿高交代褥子和夜着必须拿出来晒晒，以备庄助随时回来都可以用，所以五郎兵卫在户外摊开那件夜着——那件拆下领口布、整个微微发白、隐约有股尘埃味的麻布夜着——晒在竹竿上时，不经意间望了一眼。

他当下觉得这夜着跟新娘的外罩很像，披在竹竿上，乍看之下犹如洁白的新娘嫁衣……

五郎兵卫顿时感到背脊一阵发凉。

庄助……

五郎兵卫脑海里闪过一个念头。

庄助知道阿由即将出嫁，也知道五郎兵卫和阿高都由衷地替女儿高兴，更知道阿由认为这门亲事会很幸福。可是——万一他暗中喜欢阿由的话，事情又会怎样呢？

绝对不能说出来，打死也不能说出来。庄助很清楚，要是说了出来，五郎兵卫和阿高夫妇一定很为难。他大概也比任何人都清楚，说出来也会令阿由感到困扰。

但是，不说出来又很痛苦。

所以他受不了了，这才让自己失踪？而且，为了不让人知道他失踪的真正理由——无缘无故失踪的话，会让人觉得忘恩负义，说不定反而会被察觉真相——这才编造那些谎言吗？又为了让谎言成真，于是拆下领口布带走？

犹如洁白新娘嫁衣的夜着，有着牵牛花花纹的领口布。

——牵牛花花纹的浴衣，我也有一件。

难道庄助想用这种方式默默表达他的痛苦？

不，一定是想太多了。五郎兵卫摇摇头，打消这个念头。庄助是个标准的木讷寡言的人，那家伙不可能想得出情节这么复杂的故事。

那一定是鬼。鬼真的出现了，至少对庄助来说是这样。否则，当初买回那件夜着时，庄助为什么老是浮现那种幸福的笑容？假若庄助真的爱上阿由，他只要一想到阿由即将出嫁，应该就不会有那种欣喜的笑容。

可是——

——小姐也会过幸福的日子。我很高兴，因为我也很幸福。

庄助曾经这么说。

答案到底是哪个？哪个才是真的？五郎兵卫呆立原地，看着阳光下的夜着，如此问道。喂，庄助，答案是哪一个？

然而，哪一个都一样。庄助这样的选择其实是最正确的。假若庄助坦白地说出他爱上小姐，五郎兵卫又能为他做什么？再怎么不忍心，也无法回应他那份感情。

女鬼阿吉真的存在吗？庄助真的是去迎接阿吉吗？还是事情根本就不是这样？五郎兵卫再也找不出答案了。大概也永远无法知道答案了。

他只明白一件事，那就是再也见不到庄助了——只有这件事是很明确的。

第六篇

走失孩子的路标

一

本所四目的盂兰盆节市集第二天，有人带着那孩子来到市兵卫的住处。抱孩子来的是市兵卫担任管理人的海边大工町大杂院里一个叫阿艳的妇人。

“是我家那口子发现这孩子的。”阿艳说完，皱了一下眉头。

“走失的？”市兵卫问道，然后望着趴在阿艳粗壮肩膀上微微张着口熟睡的两岁男孩的脸。不知是不是阿艳买糖给小孩吃了，那孩子的呼气中传来一阵甜味。

“真的是走失？”市兵卫目不转睛地盯着阿艳问。

阿艳的丈夫藤吉是个手艺高明的木匠，三十岁过后学会赌博和玩女人，正如俗话说的，迟来的病不好治，这两年来，好几次都让阿艳伤心落泪。市兵卫每回都当和事佬，一边安慰阿艳一边斥责藤吉，让事情圆满解决。最近，不知藤吉是不是悔过自新，稍微沉稳了下来，夫妻俩的感情似乎也逐渐恢复，令市兵卫松了一口气。

可是，绝不能就此粗心大意起来。男人的劣性不会就此轻易收手，市兵卫深知这点。也因此，市兵卫看着阿艳怀里抱的孩子，立即联想到藤吉那家伙竟然偷偷在外面生了孩子。

阿艳就像玩鬼脸游戏的孩子那般，也目不转睛地回望市兵卫。

“果然你也这么想？”

“对不起，我就是这么想的。”

结果，她扑哧笑了出来：“根本没必要道歉。我当时也是这么想的。”

所以她刚刚才故意皱起眉头。因为她觉得市兵卫大概也会这么认为吧。

“藤吉是在什么情况下带回这孩子的？”

阿艳抱着孩子，浅浅地坐在办事处的地板沿上，一副伤脑筋的样子。

“昨晚，我跟我家那口子去逛盂兰盆节市集。”

阿艳说是去买盂兰盆节灯笼。

“既然你们会一起逛市集，表示最近感情还好吧？”

市兵卫微微笑了起来，阿艳耸耸肩说：“普通而已。”

“我也去逛盂兰盆节市集了。昨晚有月亮，亮得刚刚好，但是人多得要命。”

“我们也看到你了。喊你，你好像没听到。”

阿艳在人潮中挑选盂兰盆节灯笼时，藤吉说要去小解，一个人绕到后巷。没想到，等了半天都不见他回来。

“我那时还以为大概又被耍了。”

原来阿艳以为藤吉甩掉自己，跑去赌场。可是，她又不好意思当场生气，再说也太没面子了。阿艳只好提着灯笼，忍着怒气走入人群。

结果，藤吉回来了，阿艳本想臭骂他一顿，但是看他一脸困惑的样子，怒气就全消了。

“他带着这个孩子，说好像是走失了。”

藤吉想要小解绕进昏暗后巷时，被小孩的哭声吓了一跳，探头看了一下，发现这孩子蹲在地上哭。藤吉带着孩子回来时，孩子的双颊还挂着泪痕，瘦弱的脖颈还在抽噎。

“问他名字和家住哪里，他也不回答，只是哭。我跟我家那口子都很伤脑筋。应该也问不出个所以然来吧，这孩子，看起来顶多只有两岁。”

市兵卫点着头。最近的孩子——而且，在这江户生长的孩子，有些很早就会口齿伶俐地说话，早熟得教人吃惊。但是现在阿艳手中抱的孩子，脱离尿布顶多半年——大概只比婴儿大一点。更何况，幼儿时期，男孩通常比较晚熟，看起来总还像个婴儿。

“既然认为是走失的，为什么当时没有送到附近的办事处？”

阿艳过意不去地缩缩脖子：“本来想送去，可是……”

不巧那附近的办事处聚集了几个高大的男人，大概是打架的，彼此激动地粗声争辩。

“我家那口子说，看样子公役很快就会赶到，他不想进去。”

市兵卫不禁苦笑。藤吉以前曾因醉酒打伤人，之后，他总是说公役比阎罗王还可怕。想必那回大概经历了什么刻骨铭心的事吧。

即使不是这样，藤吉总是因为醉酒和赌博一再闹事，从市兵卫到町干部，那些教训他已经听多了。对他来说，不管是哪里的办事处，门槛都很高，可能比补修屋顶的瓦匠的兜裆布还高。

“我说，那我带孩子过去，他又说，万一卷入麻烦事什么的……明明只是个走失的孩子嘛。所以我开始起疑，我说难道这孩子是你在外面偷生的？说是走失的，根本是在骗我，是不是？”

藤吉很紧张地说别开玩笑。

“结果就这么走着走着，孩子就像现在一样睡着了。看他睡着的模样，觉得带他到处跑也很可怜。”

况且，伸手探了一下孩子的脖子，上面挂着以防走失的牌子。

“你看，就是这个。”

大概是阿艳从孩子的脖子上取了下来，带在自己身上。她自怀中摸出一块有着细绳的小牌子，递给市兵卫。

“长次，马喰町，右兵卫大杂院，松吉，阿妙。”

意思是，这孩子叫长次，家住马喰町右兵卫大杂院，双亲是松吉和阿妙。

“既然这样，我想，明天再带这孩子去马喰町就可以了。”

今天早上，当孩子醒来时，问他名字，他的确是说“长长”。这就更不会错了。

“听他这么说，我真是松了一口气。”

市兵卫也总算放心了。既然如此，事情便好办了。“这样的话，现在马上过去看看。孩子的父母大概从昨晚起就心急如焚。”

“你愿意跟我一起去吗？”

“当然。”

阿艳嫣然一笑。她挺了挺肩上呼呼大睡的孩子，站起身来。

“这孩子很能睡，也不怕生。只不过一晚，我便觉得很好玩。”

阿艳和藤吉膝下无子，这事也令她哭过几回。她总是说，要是有孩子，只要有孩子，就算不理那个花天酒地的丈夫，也不会感到寂寞。

市兵卫突然想到，阿艳昨晚没立即带孩子去找他的父母，也许是想照顾一下这孩子。反正已经知道孩子父母的住处，过一晚再带他回去也没关系。她或许认为，让她照顾一晚也不会有事。

阿艳摇着趴在肩上的长次，走在市兵卫前面，口中轻声哼着歌。她哼的是摇篮曲。

江户街上有许多走失的小孩。

狭窄的御府，人口稠密。若是遇到祭典或市集，人潮往往拥挤得令人喘不过气来。在这样的人潮中，常有年幼的小孩走失，一旦走失了很可能就再也找不着，小孩马上就会陷入与父母生离的境地。而且，一旦要寻找走失的小孩，江户城却变得大到近乎残酷的地步。

要找小孩，一切都得靠人手。有钱人家，只要家产没花光，或许可以一直雇人去找。但是，穷人能做的可就有限了。父亲和母亲疯了似的到处找，最后筋疲力尽，只好放弃，但是心里还是抱着一丝希望——这种悲惨的例子非常多。为了避免这样的悲剧，在小孩的脖子上挂着像长次身上那般的“走失牌”，也是一种出自生活智慧的习惯。

发现走失的小孩，通常先带到该地的办事处，在找到小孩的双亲，或双亲来找之前，由轮值的町干部负责照顾。可是，由于走失的小孩太多，也有一直无法回到双亲身边而在町干部的保护下长大的，这种例子也很常见。

但是这对町干部来说是很大的负担。小孩走失了，不管是对小孩的双亲，或是发现小孩、保护小孩的这方来说，都不是轻松事。

大约四十年前，深受当地地主们信赖的市兵卫的父亲过世后，市兵卫继父亲之后成为管理人。市兵卫的工作态度比他父亲更严谨，虽然有时房客或租地人对他敬而远之，但是他的人缘非常好。他也有过几次照顾走失小孩的经验。所幸，这些走失的小孩最后都顺利地回到了父母身边，而且是市兵卫认真寻找的结果。

市兵卫只有一个女儿，已经出嫁，生了两个小孩。前几年老伴儿过世后，才总算习惯了独居生活的寂寞，不过，倒也不至于没生气到无法想象双亲与孩子生离的悲痛的地步。他跟阿艳一起前往马喰町，一路上总是想着早点把长次送回家，好让他父母安心。

可是，一找到马喰町右兵卫大杂院时，结果竟出人意料。

二

“没有……这话怎么说？”

马喰町房东右兵卫比市兵卫小十岁左右，在面对大街的地方开了一家零食铺，铺子交由妻子负责。市兵卫和阿艳两个人坐在铺子里边狭窄的榻榻米房与他谈话。

“怎么说都一样，我只能这样说啊。”

右兵卫的气色很好，此刻他皱着脸，轮流望着市兵卫、阿艳、长次三个人，手上则是拿着市兵卫递给他的走失牌。他拿着走失牌的手显得很不稳，像是年轻女子被逼着握住蛇似的。

“我们是按照走失牌上面所写的，才带长次过来。这孩子昨天刚走失，在这么短的时间里，做父母的怎么可能就丢下孩子不顾？”

市兵卫边说边望着右兵卫那有如见鬼一般的眼神，心里涌起一股莫名的不安。他为什么会有那种眼神？

再说，这股不安，是有前兆的。

到这里之前，长次刚午睡醒来，不知是不是阿艳抱在怀里的关系，他看到市兵卫并没有哭，听到市兵卫说要“带你回阿爸阿母身边”时，尽管只是个孩子却也安心地笑着。

根据市兵卫的经验，两岁的小孩，即使说不出父母的名字和住在哪里，但是只要回到家附近，应该都会有感觉才对。再不然，离家半条街时，也会遇到帮忙寻找小孩的左邻右舍。

“哎呀，是长长，长长回来了！”就像这样。

可是，长次的情况完全不是这样。进入马喰町，来到右兵卫大杂院附近，长次并没有露出“啊，是我家”的表情，而且也不见有邻居飞奔出来。

难道那块走失牌上写的是假的？和右兵卫面对面坐下的那个瞬间，市兵卫就这么担心了。

是假装走失的弃儿……

他也曾这样想。

可是，即使是这样，右兵卫的神情也太奇怪了。与其说他是困惑不已，倒不如说他是非常恐惧。

市兵卫向同样感到莫名其妙的阿艳使了个眼色。阿艳也是聪明的女人，马上明白他的意思。

“长长，我买东西给你吃。给这孩子，嗯，就用竹签插块蒟蒻好了。”

阿艳说完，接过右兵卫零食铺小下女手中的蒟蒻串，让长次拿着蒟蒻走到街上。

当屋里只剩市兵卫两个人时，右兵卫果然马上开口说：

“唉，对不起。刚刚实在太惊讶了。”

“好像有什么问题，是吧？”

右兵卫抹去额上的汗珠。似乎不是晚夏气温和炖锅的热气令他额头冒着大汗。

“我掌管的大杂院的确住过松吉和阿妙这对夫妻，没错，孩子也叫长次。”

“住过？”

“是的。那是三年前的事。”

“他们现在住在哪里？”

右兵卫压低声音说道：“阴间。”然后再度擦着汗说，“三年前，正是这个时期，发生大火。那一带全烧光了……松吉也被烧死了。阿妙和长次，从此下落不明。”

市兵卫听得目瞪口呆，之后，他想起方才探看右兵卫的大杂院时，虽是盖在日照不好的阴湿地方，不过那的确是栋新盖的建筑。

“因为火灾……”

松吉被烧死，而母子下落不明。

确实有一些人为了逃出火灾，随着人群逃窜而跌进河里，或在离住处有段距离的地方丧命，因而下落不明。

“是的。”右兵卫点头说道，“所以我看到那块走失牌时，吓得心脏都要跳出来了。”

“可是，被烧死的只有父亲松吉一个人吧？母亲和长次——”

有可能侥幸活了下来。

右兵卫举起手来，打断市兵卫的话，他摇着头说：

“你说的确实有可能。那孩子，若是我认识的长次，就有这个可能，可是那孩子不是松吉和阿妙的长次。长相完全不同。再说，发生火灾当时，长次的年纪刚好和今天的那个孩子差不多。三年后还是这个年纪，那不是很怪吗？”

市兵卫也觉得有道理。

“不过，那孩子说自己叫‘长长’。”

“那是凑巧小名一样吧。这名字又不罕见。”右兵卫手贴在脖子上，轻轻点着头说，“可是，虽说是凑巧，却也有点可怕。所以，实在很对不起，总之，我只是不知如何是好罢了。”

右兵卫瞄了一眼弯腰看着炖锅的小下女，声音压得更低地说：

“再说，火灾之后，有阵子……对，大概半年吧，大家都说，深夜或早上，路上没人的时候，松吉夫妇住的那附近有女人的哭声。大杂院的人都很害怕，没人去确认到底是真是假。不过，大家都说那是阿妙的鬼魂，都很同情她。”

市兵卫感到胃部一阵翻搅。

“现在也会听到那哭声吗？”

“不，已经不会了。好像没有再听到了。只是，现在是盂兰盆节，有人说，也许会有所留恋地回来。”

右兵卫像是起了鸡皮疙瘩，摩擦着手臂。

“是的……现在正值盂兰盆节。在这种时候，竟然有人带着脖子上挂了松吉、阿妙和长次名字的走失牌的孩子来……”

原来如此，难怪右兵卫会觉得可怕。市兵卫不知如何是好，只能轻轻地点头。

“虽然不清楚是怎么回事，总之，暂时让那孩子住我那儿。右兵卫先生要是想起什么线索，麻烦通知我一下。”

"好的，一定。"

右兵卫嘴上答应了，表情却依旧显得僵硬。

"火灾的起火点是哪里？"

听市兵卫这么问，右兵卫遗憾地叹了口气说：

"不清楚。听说也有可能是纵火。"

"是针对松吉他们——"

右兵卫打断市兵卫的猜测，他说："不是，我想应该不是那样。被烧死的并非只有松吉一家，而且起火点在别处。我们是遭到波及。再说，松吉和阿妙夫妻俩都不是那种会得罪人的人，他们老实又勤快。"

"他们做什么生意？"

"是梳发的。"右兵卫说道，"松吉每天到这条街尽头的一家'极乐床'铺子工作，他是里头手艺最好的。我也经常让松吉帮我梳发髻。"

右兵卫伸手摸了摸剃得光溜的头顶。

"媳妇阿妙则是专门在外帮人梳发髻赚钱。她在通町那一带的大杂院有很多不错的老主顾。手艺好像也很不错。"

来到外面，只见阿艳牵着"长长"，正探看路过金鱼小贩的水桶，看上去像是一对母子。

市兵卫无法释怀地又回头看了一眼右兵卫和大杂院，然后朝两人走去。

三

“长长”的问题，暂时由阿艳负责照顾。名义上虽应由轮值町干部的市兵卫负责收容，但单身男人毕竟无法细致地照顾幼儿的方方面面。

再说，阿艳也想照顾。

“那孩子很乖嘛，我很乐意照顾他。”

阿艳打从心底发出许久不曾有的愉快声音说道。

因为长次还只是个不懂事的孩子，根本无法逼问他什么，但市兵卫和阿艳还是费尽心思想从长次口中打听到可以寻找到他父母的线索。

问他“几岁”，他会说“两岁”，问他“阿爸和阿母叫什么名字”，他就答不出来了。

再问他“家住哪里”，他也是一副答不出来的样子。但有一次，他回答“木桶铺那里”。阿艳一听拍了一掌说道：“附近肯定有木桶铺吧。”可是，根本无法逐一去查问江户的木桶铺。

市兵卫首先想到的是本所四目因盂兰盆节市集而格外热闹的那一带，耐心地到处打听有没有寻找走失孩子的父母。然而，市兵卫一个人根本忙不过来。所幸，当地捕吏与市兵卫熟识，又值得信赖，向他说明事由并拜托帮忙后，对方一口就答应了。

另外，市兵卫自己也开始巡视芝口的挂牌场，以及各处的迷路石。所谓挂牌场，是为了降低生离的悲剧，让寻找走失孩子或失踪人口的人有个目标，设于亨保十一年[1]，是一种公共布告栏，公布走失孩子或失踪人口的姓名、年龄与服装。

迷路石则是为了让人提供寻找走失孩子的线索而设于热闹桥畔或神社佛寺里的石柱，正面刻着“走失孩子的路标”或“奇缘冰人[2]石”，右侧刻“寻人启事”，左侧刻“征求启事”。让寻找走失孩子的双亲在“寻人启事”张贴写上孩子长相与服装的纸条，而收容孩子的这方也一样。

挂牌场只有一处，但迷路石是民间设置的，到处都有。长长是在本所四目盂兰盆节市集晚上走失的，所以他的父母大概会在这一带寻找。市兵卫打听之后得知回向院和猿江稻荷神社各有一处迷路石。

市兵卫每天造访两次这两处的迷路石，可是，连续去了三四天，都没有符合长长条件的寻人启事纸条。看来只能耐心地继续找。

据说长长偶尔会在夜里哭泣，但是平时都很健康，跟阿艳也很亲昵。与其说是亲昵，倒不如说是因为不安才总是抓着阿艳的袖子。她只是去上厕所，他便哭丧着脸到处找人。

“莫名其妙，突然多了个孩子。”

藤吉如此抱怨，市兵卫笑着对他说：

“你就当是有了孩子。孩子很可爱吧！我是很想把那孩子还给

---

[1] 一七二六年。

[2] 冰人，居中媒介的人。

他父母，你还是早日生个孩子比较好。”

“完全不知道他的父母是谁吗？”

“看来得花点时间。长长有没有说出什么线索？”

“没有。只是有时会说木桶铺阿姨怎样怎样之类的。”

也许是备受邻居木桶铺女人的疼爱吧。真想早日送他回去，市兵卫心想。不仅是父母，长长周遭的人也一定都很担心。

然而，遗憾的是，毫无任何好消息。市兵卫自己每天巡视迷路石，也总是无功而返。这点也很奇怪。难道长次的父母没有在本所附近到处寻找孩子？难道他们都不通过迷路石和挂牌场找孩子？

若是这样，那又是为什么呢？一旦开始思考，市兵卫的脑袋便停不下来，最后甚至会胡思乱想——抚养那孩子，并在那晚把孩子带到盂兰盆节市集的，难道是那孩子三年前过世的双亲？他认为那孩子可能是从阴间回来的。

过了十天左右。

市兵卫到猿江稻荷神社查看时，发现一旁站着个看起来有点怪的女人。

女人大约三十岁，脸蛋和身材都很清瘦，肩膀更是瘦骨嶙峋。虽说来迷路石查看本来就不是令人愉快的事，但她却憔悴得不成人形。

市兵卫查看迷路石的这一阵子有个感想，那就是，心中怀着希望足以令人坚强，但同时也是很残酷的事。在迷路石遇见的父母，都是一副疲惫不堪、悲伤心碎的表情，眼神也都茫然若失，甚至有些女人看起来像是哭了一整夜似的，尽管如此，他们还是垂头丧气地继续来到这里探看有没有什么好消息。

支撑他们那疲惫身子的是，也许有朝一日能找到孩子的“希望”，应该就只是这点而已。正是这个希望，硬撑着无法起身的人站了起来，让他们迈开脚步，存活至今。若干脆死了心，或许倒还轻松些，但“希望”不允许他们放弃。“希望”能够令人坚强，却也有其残酷的一面。

正是这样的父母紧紧挨近迷路石，仔细读着贴在上面的一张又一张的纸条。

但是，那个女人却不是这样。她几乎与市兵卫同时来到稻荷神社，却没有立刻挨近迷路石，反而双脚有如被钉子钉住那般，一动也不动。

市兵卫斜眼看着那个女人，觉得好像不是第一次见到她。由于市兵卫每次都专注地读着纸条，没注意四周，所以没什么印象，然而一旦回想起来，他总觉得，以前好像也在其他地方见过她。是的，就在几天前，他好像在猿江稻荷神社里见过这女人。

女人的五官很美，年轻时应该更美，因此才记得她也说不定。女人的双眼有点严峻，整体看来是个刚强踏实的人。她身上穿着陈旧的青梅条纹服，系着大概从旧衣铺买来的黑缎子腰带，与一些终年只有一件单衣可穿、寒冬时披着丈夫的外褂度过、当天赚当天花的妇女不同，女人的打扮并不寒酸。不过，她蜷缩着身子，发髻蓬乱。

女人在哭，静静地任由眼泪挂在脸颊上。

市兵卫感到胸口沉闷。查看迷路石是件痛苦的事。他悄悄转过身，离开神社，但是女人那张哭泣的脸令他挥之不去。

又过了数日。在本所附近帮忙打听的捕吏，也开始感到纳闷。他说，完全没打听到有谁在寻找走失的孩子，或有人与寻找的双亲接触的消息。

“市兵卫，这事情很奇怪。那孩子搞不好不是一般的走失儿。”

市兵卫也这么认为。这里头一定有文章。不是过世双亲从阴间回来守护孩子的那一类，背后有更深层的原因。

就在此时，市兵卫再度遇到那个女人，这回是在回向院迷路石的一旁。女人又在哭泣。不知是不是无心更换衣裳，她的穿着与那天一样，脸色越发苍白，消瘦的脸颊挂着泪痕。

然而，那眼泪这回看在市兵卫的眼里有了不同的意义。捕吏的话，以及累积在市兵卫心底的想法，逐渐发酵了。市兵卫在她那明明来查看迷路石却不挨近的举动里，感觉到了什么——一个在心里一闪而过的念头。

来到迷路石却不挨近，只是哭泣的女人。

脖子上挂着走失牌的孩子，牌子上写着三年前往生者的名字。

市兵卫突然灵机一动。

“请问，这位太太。”

市兵卫悄悄挨近搭话，女人吓了一跳，缩了一下身子。她急忙用手背擦拭眼泪。

“对不起，吓着你了。你也是来找走失孩子的吗？”

女人自市兵卫脸上移开视线，同时脚底下的小石子微微发出声响。

“我不是要跟你啰唆什么。我收容了一个走失的孩子，每天都来查看迷路石，看看有没有在找孩子的父母。所以才忍不住跟你搭话。”

“走失的孩子……”

女人如此喃喃自语，声音小得必须靠近才听得清楚。

“嗯，是的。而且很伤脑筋，完全没有双亲来找这小孩的消息。虽然小孩挂着走失牌，但这牌子不管用。”

这时，本来低垂着眼睛的女人，宛如在脚边看到什么恐怖的东西，睁大了眼睛。市兵卫明确地感受到女人倒抽了一口气。

“难道……你有什么线索？那孩子叫长长。”

这回市兵卫清楚地感受到，女人在心里喊叫，犹如堆叠得高高的东西崩塌了。

女人转身想逃开，市兵卫适时抓住她的手——那细瘦得宛如就要折断了的手。

市兵卫不费吹灰之力便将她抓住。不知是不是猛然走动的关系，女人头晕眼花，当场昏倒了。市兵卫抱住她的身子，又大吃一惊：怎么瘦成这样？应该是好几天都没吃东西了吧？

女人让市兵卫搀着，崩溃地放声大哭。当市兵卫看到女人粗糙的手指和手掌时，再度闪过一个念头。虽然那个念头不是很明确，但至少留在心里了。

市兵卫大声求助，并安排将昏倒的女人带回去，在这段时间里，他的脑袋一直想个不停。

市兵卫不忍将女人直接带到办事处，以免她再度受到惊吓。他将她带回家，托同是管理人的朋友派个小下女陪在她身边，处理杂事，直到她醒来。

市兵卫安排妥当后，再度前往马喰町大杂院。

右兵卫起初并不相信市兵卫的话，甚至有点发怒，说世上哪有这种事。可是，市兵卫说服他与当事人见面，自然就能明白。

“你看，就是她。”

右兵卫在格子纸门后偷偷看着沉睡的女人，惊叫说：

“那是……阿妙。那不正是长次的母亲、帮人梳发髻的阿妙吗？”

四

阿妙醒来后，又哭了好一会儿。大概也因此豁出去了，反而如释重负，她坐在被褥上，开始有一句没一句地回答市兵卫的问话。

“您说得没错，我正是马喰町那个松吉的媳妇阿妙。”

她说这句话时，微微抬起眼帘望着市兵卫，之后再度低垂着眼睛。市兵卫将整个事情的经过告诉阿妙，她始终默不作声地听着。市兵卫说完，她声音微微颤抖地开始说：

“三年前发生火灾时，我抱着长次一味地逃命。”

她在胸前做出紧紧搂着孩子的动作。

“火星子就像下雨一样直往头上落，背部很热，我也知道头发烧焦了。可是，我当时顾不了那么多了。”

那晚的火焰，此刻仿佛就在她的眼底燃烧。火在烧，市兵卫似乎可以看见当时的光景。

“我一心只想着不能让长次受伤，不能让他烧伤。我用被子裹住他，紧紧抱在怀里，拼命往没有火的地方跑。我家那口子，说要拿些可以带走的东西，要我们母子先逃，这才分开。我拼命喊，他好像都没听到。”

等她回过神时，已经来到大川旁，附近挤满了逃难的人。

“那时，我才打开被子将长次放下来。我本来想对他说已经没事了，阿母在这里。可是打开一看……那孩子……”

死了。她说。

“逃命时，我只管跑，把他抱得太紧了。那孩子没法呼吸，就这样死了。明明好不容易才从火灾里逃出来，那孩子的身上明明没有半点伤。”

她又说，那晚是怎样度过的，已经完全不记得了。

“因为我的不小心让长次死了，老实说，我根本没脸回家。我没脸面对我家那口子，可是我又很想回家，想回家想得要死。”

“所以你趁没有人的时候回了大杂院？”

阿妙点头。原来大杂院邻居听到的不是鬼的哭声，而是活生生的阿妙。那是灵魂撕碎般的恸哭声。

“后来，我慢慢知道我家那口子已经不在大杂院。如果他还活着，在找到我和长次之前是绝不会离开的，所以我认为他已经死了。原来我们在那场火灾里死别了。他大概是吸了烟气吧，要是没太痛苦地死去，那就好。”

市兵卫说好像就是这样。他虽不知详情，但就是想这么说。

“我好几次想寻死，但人真是不中用，我下不了手。而且我又想，万一我死了，谁来为长次和我家那口子烧香祈冥福呢？我家那口子一定会责怪我让长次死掉，如果再没人给长次烧香的话，等我哪天死了，怎么有脸见他。虽然现在也没脸见他，但是到时候会更没脸见他。我不想那样。我又想，要死随时都可以死，可以等帮长次立了坟之后，也可以等存了钱，有能力把长次供在寺院之后。所幸，我有一技之长，就一个人的话，我完全可以养活自己。”

“你的长长，现在在哪里？”市兵卫问道。

阿妙微微笑着。那是做母亲的微笑。

“一直都跟我在一起，在我住的大杂院房间底下。至今都没有被发现。”

阿妙轻咳了一下，说想喝水。市兵卫走到土间倒上满满的一杯水端给她。阿妙道过谢，一口气喝光，她接着说：

“那孩子……您收容的那个孩子，不是我的。”

市兵卫轻轻地点头。

“大概是一时鬼迷心窍。”阿妙窃窃私语般地说，“可是，我按捺不住。”

火灾之后，她最初在明石町的大杂院落脚，斜对面住了家临时工木匠夫妻。他们家孩子多，长次排行第五。

“当时他还是个婴儿。”阿妙说道，“刚出生不久……这是两年前的事。他当然不叫长次，那是我抱走之后取的。”

临时工木匠是名副其实的只有孩子多的穷人家，夫妻经年都在吵架，几个孩子老是饿肚子。阿妙见状，萌生出一个主意——一个像是永不熄灭的蜡烛般苍白又炙热的主意。

“那家大婶曾说，孩子已经吃够苦头了，所以，我才想，既然这样那就把婴儿给我。我会把他当成死去的长次，好好养育。那时我大概有点神志不清了。也许现在也神志不清。”

为了抱走婴儿，阿妙小心翼翼地等待时机。然后，这异想天开的企图成功了。

“真的动手时，比想象中来得容易。我带着那孩子过了大川，找到住处。我说这是我的孩子，没有人怀疑，我又说丈夫已经死了。就这样一直到今天。”

阿妙显得很快乐——她像梦呓般低声诉说。

给长次挂上那个走失牌，是因为那样有一度失去的东西好像全都回来了的感觉，阿妙如此说道。市兵卫同情得说不出话来。

“只要看到那个走失牌，我就会觉得火灾和所有事都不曾发生。再说，我认为，就算万一，自己也绝不会让长次走失。”

但是，那个万一真的发生了，而且自长次在盂兰盆节市集那晚走失后，那个走失牌反而紧紧地牵制着阿妙。

“我想，就算有人发现长次，大概怎么也想不通吧。我也不能随随便便就去找那孩子。要是对方质问我，这走失牌到底是怎么回事，我该怎么办……只要稍微查一下就可以马上查出来，我的长次不可能仍是这个年纪。这样一来，我偷偷抱走别人家孩子的事也会跟着暴露，可是我又想找回长次。我真的快疯了。”

市兵卫暗忖，阿妙在迷路石一旁流下的确实是血泪。

“为什么您知道我是阿妙？”

“因为你的手。”

市兵卫在回向院抱着昏倒的阿妙时，发现她的手掌有许多茧。

“在外头替人梳发，必须提着工具箱，我想这茧可能是提工具箱造成的。再说，你的手指很白很美，却刚劲有力。指甲因长年接触发油，非常光润。我当时就想，啊，这是替人梳发髻的手，然后就从这里开始联想。”

此时，最花工夫的是从阿妙口中问出婴儿双亲的名字。那像是阿妙最后的抵抗，她一味地哭，不肯轻易松口。

“你们要把长次还给他们？”

“应该是吧。”

“那对夫妻肯定会说：‘其实也没必要把孩子还给我们吧？’”

市兵卫叹了一口气。虽然十分不忍，却也不得不说：

“要是到明石町打听，一定可以知道那对临时工木匠夫妻到现在还在找孩子吧，迷路石上也一定贴有纸条吧。你应该很清楚为人父母的心啊。”

阿妙呜咽地说：“我能不能再看长次一眼？”

“这不行，”市兵卫说道，“这不行啊！”

阿妙只是哭泣。

多亏市兵卫的尽力，阿妙才免去罪责。而明石町的木匠夫妻，对一度以为被妖魔鬼怪抓走的婴儿变成两岁大的孩子归来一事，虽然显得有点手足无措——当然也有点畏怯——但也正如市兵卫所预料的，衷心感到高兴。

但是，长长呢？市兵卫心想。你真正的阿母，其实是别人啊！

前往阿妙和长长住的大杂院，果然邻居是木桶师傅。长长口中的那个“木桶铺阿姨”得知事情的来龙去脉，为阿妙流了泪，并帮市兵卫埋葬了永眠地板下的阿妙的长次。

市兵卫觉得似乎得到了些许的救赎。尽管只是些许。

长次回到了自己的父母家，阿艳曾喃喃地说：

“管理人啊。”

“什么事？”

“我啊，曾经这么想，要是找不到那孩子的父母该有多好。我这样大概会遭天谴吧，一定会的。”

市兵卫默不作声。接着，想起贴在迷路石上那些无数的纸条。

他很想将阿妙和阿艳的名字也写在那上面。

第七篇

不倒翁猫

一

文次站在像长矛般斜斜落下的大雨中。

他担心被阿爸怒斥而不敢进屋，站在傍晚的雷阵雨中已经有四分之一个时辰了。紧闭的双眼仍感受得到闪电的闪光，捂着耳朵仍能听到震动地面的轰隆雷响。但是文次依旧边哭边颤抖地站在大杂院大门口的简陋屋檐下一动也不动。他一动也不敢动，因为阿爸在家里喝酒。

文次只得这样站在那儿，等挑扁担叫卖旧衣的母亲回来。他大致知道阿母沿街叫卖的路线，现在肯定是在三丁目烟草铺的屋檐下躲雨，只要那个讨厌的掌柜不会像赶野狗那样赶走阿母的话。

文次很想回家拿那把断了伞骨、破了油纸的油纸伞去接阿母。他好几次都想这么做，却又不敢，因为一打开破烂格子纸门拿油纸伞，阿爸一定会朝他丢来缺口的大碗。即使他当下逃开了，但是跟阿母一起回来时，阿爸一定会大骂他刚才为什么逃走，很可能又会将文次整晚绑在井边的桩子上。文次已经尝过好几次这种苦头，每次这样时，大杂院的邻居没有人肯伸出援手，因为他们深知阿爸那发怒时不知会做出什么事的脾气。

雷声很恐怖，文次放声大哭。雷声淹没了文次的哭声，脸上也分不清是泪水还是雨水。大雨狠狠地打在文次那单薄衣服下的苍白肌肤上，但比起阿爸的拳头，那无异于抚摩。所以，七岁的文次将失去血色、犹如鱼肚白的脚趾埋进泥泞里，站在雨中等雨停。文次耐心地站着。即使身子因淋雨而冻僵了，他依然站着……

文次在这里惊醒了。十六岁、孤苦伶仃的文次，在薄薄的褥子上睁大双眼。

又做梦了……

可能是做了噩梦，满是补丁的夜着被踢到脚边皱成一团，所以才觉得冷。睡衣的前襟凌乱地敞开来，脸上和胸前冒着大汗，是冷汗。夜气很凉，文次打了个喷嚏。

文次打了个声音大得出奇的喷嚏，他缩着脖子倾耳细听。睡在楼上的角藏，不知是不是上了年纪的关系，耳朵变得很灵。不过，静静听了好一会儿都没有任何动静，文次总算松了一口气。尽管角藏是个几乎从不唠叨的雇主，但如果有人吵到他的睡眠，他会很不高兴。

角藏年近六十，却是个不折不扣的单身汉。他到底有没有老伴儿或孩子，甚至是不是曾经有过，文次完全不知道。角藏一个人照料这家葫芦屋，总是板着脸。就一个小饭铺老板来说，他冷漠得不像话，与熟客也几乎不多废话。

当然也可以说他是个怪人，但或许他始终不知“寂寞”为何物。他很讨厌动物，连小狗也不让接近，甚至连对卖金鱼的也不给好脸色看，所以，说不定他也很讨厌人类这种动物。

不过，正因为是这样的雇主，文次才勉强待得住。要是经常东问西问的，他大概连三天都待不了。

文次悄悄钻出棉被，到土间喝水。他身上的汗已经慢慢干了，喉咙却渴得紧。那个噩梦仍挥之不去。

土间很是冰凉。文次感受到季节的变化——已是秋天了。

葫芦屋也自十天前开始供应柚子味噌小菜。后天起就是拖拖拉拉祭[1]，由于角藏喜欢吉祥物，所以文次打算去买生姜。日历被不留情地一张张撕下。对了，已经是秋天了。一想到这里，文次觉得心逐渐地枯萎。

前年这个时候，文次对什么事都很乐观。他以为再过一年，就可以煞有介事地在架子间来来去去。一旦响起了急促的火警钟声，他便可以跟在头儿后面一路赶往火灾现场。

而今呢?

竟在这家小饭铺兼小酒屋的葫芦屋，任由干瘪的老头子角藏当

---

[1] 芝神明祭。港区芝大门一丁目十二番的芝大神宫。祭典自九月十一日开始，直至二十一日才结束，故称“拖拖拉拉祭”，又名“生姜祭”。而“本祭”则在十六日。

牛马使唤。铺子打烊之后，又充当保镖，躺在里边狭窄的榻榻米房，挥赶着头上的苍蝇，与从缝隙钻进来的冷风共眠。

看吧，这成什么样子了！

文次叹了一口气。觉得叹气的尾音都像是在颤抖，倍感凄惨。

我本来应该是救火的人，应该当上救火员了才对。就算最初只是个跑腿的，要不了多久便能扶着梯子，有朝一日站在火灾现场的最高处挥舞队旗。我原本是立志要成为这种人的。

可是，现在却冒出一身冷汗，赤着脚下到土间，在夜气里缩着身子。

所以才会梦见小时候。因为那时候与现在一样惨。

也与现在一样，是个胆小鬼。

文次十岁之前，几乎每天尿床。经常因为做噩梦钻进阿母的夜着，之后又经常遭到阿爸的斥责。阿爸酒品很差，连靠临时木工赚来的那一丁点钱，他也全花在买酒上，对当时年幼的文次来说，阿爸的怒斥比什么都可怕。

如今那个阿爸早已不在人世，他在四年前死了。大概是酗酒致死的吧，他鼾声如雷地睡着后，便再也没有醒来。本以为阿爸过世后，阿母可以松一口气，好不容易可以轻松过日子，没想到不到半年，阿母竟也随他去了。大杂院邻居有个大婶说，阿母是靠着操劳才支撑到现在，因为终于不用操劳了这才倒下。文次当时想，世上哪有这种道理。

就这样，只留下文次一个人。阿母有很多兄弟，尽管都是穷人，却也尽其所能地照顾妹妹的独生子，文次才免于沦为无依无靠的孤儿。然而，他却像个皮球一样被踢来踢去，连屁股都还没来得及坐热。对文次来说，那些照顾自己的舅父和舅母，就像性急的煎饼铺老板一样，不一会儿就用筷子尖端又戳又翻煎饼，这边来那边去的。

文次十三岁的那年冬天，当时寄宿的舅父家附近发生火灾，不巧碰上北风，最后演变成烧了四条街的大火灾。一家人所幸没被烧死，但房子家具被烧了个精光。虽说江户多火灾，文次却是第一次经历这种大火。

而且，也是在那个时候，文次第一次近距离看到救火员。

他至今仍记得很清楚。有个矮个子男人，身穿工作服、头戴皮兜帽，双脚不踩着梯子，而是直接跳上太平水桶[1]，利索地爬到屋顶的模样；拨开四处逃窜的人群，驱散看热闹的人群，往前奔驰的那些男人的模样；即使火星子落在转动的队旗长穗上，手持队旗的男人也绝不松手的模样；在惨叫声、怒吼声，以及木槌敲毁房子的嘈杂声中，有个任谁都不会错过、像长箭般直往前冲且响亮的声音，噼里啪啦下命令的模样；声音主人——正是头儿——的皮外褂背影在火光的映照下染出一条龙的模样。

那光景有如梦境，连恐惧都消失了。于是文次下定决心——我，长大之后一定要当救火员。

---

[1] 防火灾用的消防水桶，通常在前街的大铺子均会设置。

文次告诉舅父们这件事，大家都嗤之以鼻。特别是阿母的小哥，他打一开始就认为像文次这么没骨气怎么可能当救火员？文次要是反驳，两次有一次会挨他打。对这些舅父来说，只因妹妹和那个窝囊妹夫早死，害他们不得不多养一张口，本来就觉得烦，而且养多出来的那张口已经是最大限度了，根本没有余力陪那孩子做白日梦。

然而，任凭大家怎么冷漠对待，又或是怎么嗤笑，文次依旧没有放弃他的梦想。那个梦想是文次的一切。令人恐惧的酒鬼阿爸、成天哭泣的阿母、被绑在井边饿肚子的痛苦回忆、舅父舅母的冷漠、堂兄弟的欺负，这些都因这个梦想而变得微不足道。那个梦想支撑着文次。

之后，就是前年的秋天，那个梦想牵引着文次，指示他该往何处去。

二

当时文次寄宿在二舅父家，位于麻布乌龙坂口，是家虽小却生意兴隆的纸铺。纸铺是劳力的生意，手和嘴唇都会变得干燥，皮肤也会变得粗糙。这家只有两个比文次小的女儿，由于男丁不足，更是不断地使唤文次。文次不但忙得没空独自外出，每天晚上也总是累得倒头便睡。

然而，其中一个女儿突然打算招赘。对方是高利贷铺的次男，托他的福，纸铺的生意也突然好多了。只要想的话，也雇得起人。文次认为这是获得自由的唯一机会。入赘的夫婿，虽说是妹夫，但文次感受到他不太满意与寄人篱下的文次同住，只要好好利用这一点，一定可以摆脱目前的生活。

这判断果然正确。纸铺一家不肯就此放走免费的佣工文次，但夫婿那边另有打算，他说想送文次到其他地方做事。

文次表面上答应了。但是，就在纸铺一家忙着婚礼的某天夜里，他抱着一个布包和少得可怜的存款离家出走了。

文次有他的目标。虽然这只是他心里的盘算，但是他有自己的目的地。哪里都好，他一家家拜访救火组，什么杂工都肯做，拜托他们收留。他坚称自己无处可去，也没有家人，若不收留他，只有死在路旁了。他想，只要一再告诉对方，自己想成为有用的架子工，但最终最想的是成为救火员，这样，总会有哪个组的哪个头儿能理解文次的热忱和远大坚定的梦想。

十四岁少年这种不顾一切的做法，花了五天才如愿以偿。文次因为饥饿和疲惫而脚步踉跄。

收留文次的是住在大川对面深川不动堂旁、名叫猪助的架子工头儿。一开始虽只是跑腿，但还是用用看吧——听到猪助这句话，文次额头贴地致谢，高兴得眼里噙着泪。

大川西侧有十组救火队，但本所深川有十六组。这点知识，文次是知道的。但是，进去之后这才明白，猪助那儿的架子工规模非常小，在救火队中是地位最低的——应该说根本不被列入救火队，只是打杂小工组而已。文次得知时，失望得食不下咽。

然而，猪助笑道："就算一开始是打杂的小工组，但并不表示一辈子都是打杂的小工。看你的努力和工作态度，我可以把你介绍给其他组或头儿，到时候你就可以成为救火员或爬梯子的。"

文次相信了他的话，整个人充满了生气。煮饭、洗衣、晒被褥，甚至按摩猪助的肩膀，他都欣然接受。如此，一点一滴，偷偷地先学会了架子工的种种事项，认为总有一天可以实现梦想。因为至少已经站在入口了，剩下的，就只是往前走，朝梦想奔去而已。

然而，不是别人，正是文次自己背叛了那个梦想。

那是去年春天的事，是个晴朗月明的夜晚。充满尘埃且温暖的强风，吹打着家家户户。

古石场的商家失火了。伴随着强风，不一会儿工夫，眼看火势就要延烧到木场町那一带。虽说那一带多水路，但只要火势够大，火舌便能轻易地越过狭窄的水道。而且木场町是木材的集散地，一旦延烧，可就束手无策了。

接到集合通知，猪助带着几名手下出发。他也允许文次一起去。

"千万别离开我身边。别靠近火，别多管闲事，只要按照吩咐做就行了。"

文次压抑着内心的激动，听着猪助的告诫。远、近处疯狂击打的警钟声，也在文次的脑子里作响。

——我一定要立功。

尽管记住了猪助的告诫，但他相信自己没问题。他有着孩子气的勇猛决心。我的梦想是当救火员，还有什么好怕的?

可是，在强风、火舌和惨叫声，以及拆毁建筑物所扬起的尘埃里，文次之前的自信，如初春的融雪消失得无影无踪。

文次极为害怕。他在第一次参与的火灾现场中体会到那种渗入五脏六腑的恐怖，那种孩提时代差点命丧火窟、第一次近距离看到救火员时也没感受到的恐怖。

猪助说别靠近火焰，那是以防文次因得意忘形而做错事吧。然而，其实根本不需要忠告。一进入火灾现场，比任何看热闹的人都更接近火焰，当火焰的热气扑到双颊时，文次就动弹不得了。

为什么？为什么会害怕？为什么双脚瘫软？明明梦想着有这么一天，明明期望有这么一天，明明已经抓到梦想的一端了，为什么会如此害怕?

为什么事情不像想象中的那样?

所幸，那时的火灾并未酿成大祸。猪助一伙人在天亮前便回去了。

猪助在回程时说："文次怎么了？像被蛇盯上的青蛙一样。"

这时，紧绷的弦断了。文次开始啜泣。

之后的几个月里，同样的事又发生了两次。每次一进入火灾现场，文次便身体僵硬、舌头打结，膝盖以下如蒟蒻那般软，全身无法动弹。

"没关系，慢慢就习惯了。"连之前如此安慰的猪助，也开始对文次那非比寻常的惧怕皱起眉头。

就这样，去年岁末，猪助终于对文次说：

"我也不忍心在每次发生火灾时带你出门，然后在哪一天看着你因吓得两腿发软被烧死了。相对地，我也不能让其他人为了救你而遭到危险。文次，你还是个孩子，不用勉强，离开我们一阵子，好好想过之后，再决定也不迟。你可以做你想做的事，工作的话，我可以帮你找。"

文次没有立即答应猪助的建议。怎么可能答应？他哭丧着脸恳求猪助，再一次，再给他一次机会。文次静待下一次的警钟声。

但是，下一次也一样，不仅如此，甚至还更糟。文次想勉强撑住，反而酿成灾祸，他的手臂烧伤了，幸好伙伴救了他，但伙伴也因此受伤了。

回到组里，未等文次开口，猪助便静静地摇着头。

就这样，文次才过着目前的这种生活。

据说葫芦屋的角藏与猪助是旧识。虽然年龄相差悬殊，但听说两人是那种可以不客气地彼此拜托事情的交情。再说，葫芦屋早就在找跑腿的小伙子了。

"你先到角藏那儿做事，然后仔细考虑一阵子。万一，小饭馆比较适合你，那也不错。"

猪助虽然体贴地这么说，其实心里是在摇头偷笑吧，自己竟然听信一个孩子的话，真是个傻瓜。文次这么想着，不禁羞得涨红了脸。

文次自元旦起便住进葫芦屋，现在已是秋天了。但是文次却无法思考，也不理解。他不知道待在这里是不是适合自己，也不知道再度置身火场时，会不会又全身发抖。

不，他连自己能不能成为像救火员那般勇敢的人也没把握。

所以才会做梦，文次心想。做那个小时候害怕阿爸的梦，那个一直存在文次心里的胆小鬼的梦。

残留在文次心里的美梦碎片，以及无法自脑海里消失的噩梦片段，让呆立在土间的他，很想让葫芦屋附近的竖川带走这一切。

三

“昨晚，你做噩梦了？”

文次天一亮便起来淘米，此时背后传来角藏的声音。

文次有点为之语塞。他想，角藏是不是察觉了他半夜偷偷爬起来的事。

“对不起。”

结果，角藏低声说：“不只昨晚。你时常这样。自从你到我这儿做事以来，已经很多次了。”

文次吓得冒出冷汗，没想到他竟然都知道。

“早上很忙，没法多说什么，我只告诉你一件事。”

角藏继续说道。文次偷偷瞄着他，只见角藏的脸因刚睡醒而有点浮肿。他一如往常面无表情，冷漠得似乎在自言自语。

“像你这种情况一点也不稀奇。也有当不成救火员的，这不是什么羞耻的事，别在意。”

文次双手依旧浸在淘米水里，全身僵硬。

猪助介绍文次到葫芦屋时曾说，他告诉角藏，文次只是个正在找工作的小伙子而已。猪助说其他的事没告诉角藏。

难道那是胡说？角藏一开始就知道一切了？

接着，角藏看着歪着粗短脖子的文次，补了一句：

“你千万不能怪猪助。那小子为了能让你自力更生，背地里也很担心你，才找我商量。”

文次感到喉咙干涩，他说：

“那，难道这儿根本没有在找帮手？是头儿拜托老板，老板才雇用我？”

角藏默不作声。答案不言而喻。

接着，角藏别过脸说：

“这事，要不是见你那么烦恼，我打算藏在心里，一直藏着，一直……”

“对不起。”文次垂着头喃喃自语地说，“我是个不可救药的胆小鬼。我无话可说。”

突然，文次眼泪涌了上来，连擦掉眼泪的志气都没有了。

“我也不想这样。只要能改掉胆小的毛病，做什么我都愿意。任何粗暴的事或坏事我都愿意。”

“这话不能随便说。”

角藏如此规劝，接着声音转为严肃地说：

“不要钻牛角尖，懂吗？”

谈话就此结束。文次在口中小声地说“是”，接着开始当天的工作。

白天的工作一如往常，自那次之后，也没再跟角藏谈起这件事，但几乎每天晚上，文次都会做噩梦。这事角藏也都知道，非常挂心。在白天可以忘掉的内疚与羞耻，一到了夜晚就会在梦里出现。

每次做梦，文次总是慌得像小时候尿床那般，全身冒冷汗，有时甚至会颤抖着惊醒过来。每做一次噩梦，文次就被这么折磨一次，不管几次都一样。而且，每次想到浅睡的角藏就在二楼的被褥里，不知以怎样的心情听着自己半夜的动静时，整个脑袋便充满了嘲笑声——胆小鬼、胆小鬼、胆小鬼……

如此过了一个多月，某天晚上，大概不会再有客人上门时，角藏突然说：“今晚早点打烊吧。”

“有什么事吗？”

“我有事要告诉你。”

文次缩着身子，心想，终于来了。角藏是不是认为再也无法让这么麻烦的家伙待下去，打算将自己赶走？

收进布帘，熄了火之后，角藏催促文次爬上狭窄的楼梯。文次这才发现自己是第一次跨进这栋座灯式建筑住家的二楼榻榻米房。

角藏踩上干爽的榻榻米走到里面点燃瓦灯[1]。房里一隅，整齐叠放着褥子与夜着。文次闻着冒着黑烟燃烧的瓦灯油味，又闻到些微的尘埃味。

角藏无视于端正跪坐的文次，自顾自地打开榻榻米房西边角落的三尺宽的壁柜，整个上半身钻了进去，只见他蠕动着身体，不一会儿，便从壁柜里倒退着出来，右手拿了什么东西。文次在昏暗中凝视这一切。

“你看看这个。”

角藏边说边将手中的东西递给文次。

是猫头巾。

看起来相当陈旧，表皮的褶痕已经发白，整顶猫头巾都磨得软软的，而且脸部和后颈部分的边缘都烧焦了。是个用烂了的陈年旧货。

“这是……”

文次不禁喃喃自语，角藏点头说道：“是我的，当我还是个救火员时用的。虽然已是几十年前的事了。”

皮制头巾上缝有蒙面的猫头巾是町救火队的规定装束之一，这文次当然也知道。

“……老板以前也是救火员？”

角藏徐徐摊开握在手中的头巾，有点自暴自弃地说“嗯”。

[1] 瓦制盘子的油灯。

“老板当了多久的救火员？”

“大概两三年吧。”角藏微微一笑，“我当时是个胆小鬼。”

文次默默地望着角藏。角藏看着头巾，褪去半边的衣服，对着文次背转过身。

文次瞪大眼睛。角藏那瘦削的背部，有不少丑陋的烧烫伤疤，左边肩胛骨上方有个楔形的疤，像是伤口很深的刀疤。

“我当时是个胆小鬼。”角藏将衣服拉回肩头，抬起头看着文次的眼睛，接着说，“所以才逃出救火队。”

文次咽了一下口水，润润干涩的喉咙，好不容易才说：“老板是因为深入火场才会有这么严重的烧伤，怎么可能是胆小鬼。”

角藏又垂下眼帘，接着用像诵经般的语调缓缓地说：“我不便说出待过哪一组的救火队。接着听，你就会知道我为什么不能说。”

“由于憧憬当救火员，我加入救火队那时，跟你一样是十六岁。”角藏继续说道。

“我的身世跟你差不多，没有亲人可以依靠。孤家寡人，没有人关心我。我只是很想很想当救火员，就跟你一样。”

然后，接下来的事也一样。

“加入救火队一进入火灾现场，我就非常害怕。大概比你更惨。连自己都无法理解为什么会吓得几乎要尿湿裤子，为什么想逃开……想到这件事，我真想去撞墙。”

“等过一阵子应该就会习惯，再过一阵子，如此自欺地过了半年，可是我仍然无法习惯。”

“我既不甘心又很气自己。我甚至想，要是钱能买到胆量，就算抢劫、杀人，我都愿意去筹这笔钱。我明白大伙儿看我的眼神越来越冷淡。没有人肯再开我玩笑，也没有人会再笑着拍拍我的肩膀。你不行，快离开吧，再见了，每个人的脸上都是这种表情。”

角藏紧握着瘦骨嶙峋的拳头搁在膝上，他说：“可是，我不想放弃。”

从角藏的眼角和嘴边不难看出，那深深的皱纹里有着几十年前的不甘，丝毫没有消减。

“刚好在那个时候，我偶然认识了一个按摩的人，是个在组里进出的老头子，当时他已将近七十岁。”

那个按摩的老头因为是做生意的，总是很亲切，但平常不会向角藏这种跑腿的人搭话，可是那时他竟主动接近角藏。他一副诚恳的模样，说是有件事想偷偷告诉角藏。

“接着，他一开头就这么说。”

——我听头儿说，你将被赶出这个组。因为再这样下去，别人会因你出人命。

“我那时真想揍那家伙。按摩的老头大概也知道我的心情，得意地笑着，劝我不要生气。”

——我有件好事要告诉你。

接着，这个按摩的老头自怀里摸索出一顶猫头巾。

“正是这个。”角藏说道，再度握紧头巾，“这头巾，叫不倒翁猫。”

“不倒翁猫？”

角藏将膝盖往前挪了一步，在瓦灯昏暗的亮光下，将猫头巾递到文次眼前。

“你仔细看看，头部画着猫吧，虽然已模糊不清了。”

文次眯着眼，凑近仔细看，上面果然画着一只几乎只剩线条、全身竖着毛、弓背闭眼端坐的猫。由于双脚缩在身体底下蜷曲成一团，看上去的确很像不倒翁。

——这是吉祥物。

“按摩的老头这么说。他说，这不倒翁猫可以在火场里守护我，只要戴上这头巾到火场就不会害怕。又说，他可以以他的性命担保。”

文次仰望角藏瘦削的下巴。角藏面露微笑地说：

“我起初不相信，认为他故意耍我，我很生气。但是，按摩的老头仍不死心，一再重复同样的话，他耐心地说，他是想帮我。又说，当然不是要卖给我，而是免费的。叫我就当是被骗好了，戴一次到火场看看。”

当时角藏虽然很厌恶胆小的自己，但一想到很可能被赶出去，便焦躁得坐立不安，最后他收下了头巾。

“要是你也会收下吧。人都有陷入绝境而不择手段的时候。”

文次默默地点头。

“那天，仿佛事先安排好的一样，头儿找我过去。一看到他的脸，我就知道他要说什么了。总之，我恳求头儿再给我一次机会，拜托他再让我试一次看看。总算没被辞掉。尽管头儿的表情很是苦恼。”

“结果呢……”文次很想早点知道结果是不是真的不害怕了，“结果怎样？”

角藏爽快地回答：“按摩的老头说得没错。自从戴了不倒翁猫头巾，我难以置信地变得非常勇敢，不再害怕火场了。”

文次不禁望着角藏手中那顶陈旧的头巾。

“很不可思议吧？可是，是真的。”

“为什么？为什么突然……”

“因为可以看到。”角藏回答。

“可以看到？”

“是的。一旦戴上这个头巾前往现场，警钟声还在远处响着，连烟味都还没闻到时，脑子里就会浮现当天火灾现场的情况，像梦幻似的。火舌怎么蹿出，怎么延烧，哪一组的救火队队旗怎么摇动，看热闹的人到底跑向哪个方向，全都可以看到。连屋主到底拿走哪家晒衣竿在防火线怎么边插边跑也都看得一清二楚——整个火灾现场从头到尾的所有景象。”

角藏对着瞪大眼睛的文次笑着说：

“我最初也以为自己脑袋有问题，不过，很快就知道不是。因为当天的火灾现场跟我在脑子里看到的一模一样，完全没有出入。所以，我不再害怕了。哪家屋顶会掉落，风向怎么吹，什么人在什么地方又会怎么样，我通通知道。对我来说，怎么做才不会让自己身陷危险，又该怎样扑火是再简单不过的事。”

之后，过了几天，那个按摩的老头来了，询问角藏结果如何。

“我告诉他，跟你说的一样，那按摩的老头听了之后，打从心底笑得很开心。现在想想，我应该对他那毫不隐藏的欣喜表情留意些才对，可是，我那时只觉得欢天喜地，觉得世上再也没有什么好怕的了。”

角藏想道谢，但被按摩的老头制止了。

——只是，持续戴这头巾的话，会有一些损失，不过那没什么要紧的。只要能以救火员闻名，你就会认为那点小事不算什么，是不值一提的代价，所以你不用担心。

角藏问是什么代价？按摩的老头皮笑肉不笑地说：

——就说是，会讨人厌吧。

“我又问，是不是因为遭人嫉妒的关系？按摩的老头只是笑，所以我以为是这个意思，而且也认为那没什么要紧。”

角藏用力甩了甩头说：

“我太傻了。”

接着，他咬牙切齿地说：

“我应该继续追问，但我没有。为什么按摩的老头会那么得意地笑，不，说起来，那家伙为什么会变成按摩的，我应该问个清楚。”

“什么意思？”

“那按摩的老头，以前也是救火员。这事组里的人都知道，我当然也知道。那按摩的老头脖子上有不少烧烫伤疤。”

年轻时的角藏，只问对方为什么这头巾具有这种力量，以及这个“不倒翁猫”是什么意思。按摩的老头回答：

——我也不清楚。只是听说这头巾是用一只活了一百年、具有灵力的老猫制成的，那只老猫就叫不倒翁猫。

文次在心里琢磨这些话时，角藏又说：

“我想把这不倒翁猫借给你。”

文次暗吃一惊地抬起头来。

“你一直过得很痛苦，看你这个样子，我几十年后才又从壁柜里找出这个东西。你前些天也说了，要是能祛除那种胆小的个性，做什么都愿意，是不是真的如此，你可以试试。我把它送你，你可以戴着它到火灾现场试试，之后回来这里，再决定你的将来比较好。”

“这东西要给我……”

“是的。戴戴看，肯定会发生我刚刚说的事。你也一定会很得意，然后回到我这里。你可以比较一下这不倒翁猫所带来的利弊得失，然后决定到底要走哪一条路，我会安排一切。”

“老板要安排一切？”

“是的。因为我正是这个东西的见证人。”

角藏的这句话，听起来好像有点在嘲笑自己的意味，他嘴角微扬。

然而，角藏马上又恢复一本正经，眼神认真得在昏暗中看起来令人觉得可怕，文次不禁缩回身子，角藏说：

“文次，你是个胆小鬼。你的胆子没有自己想象的大。这样的话，你或许当不成救火员。我非常清楚，对你来说，那是多么痛苦又多么可耻的事。正因为我了解你的痛苦，才告诉你这些往事。你懂吗？”

文次用力地点头，频频地点头。角藏却苦闷地皱起眉头说：

“不过，胆小鬼有胆小鬼的人生。这话虽然残酷，但我是这么认为的。你会痛苦，是因为你不敢面对自己的胆小。可是，文次，这是不对的。这世上一定有胆小鬼的容身之处。你不能逃避，只要逃避一次，就必须终生逃避，像我这样。”

角藏说该说的都说了，将不倒翁猫塞进文次手里，然后转过身去。

文次回去找猪助，拜托他再让自己试一次，出乎意料地，猪助竟爽快地答应了。或许他认为反正结果又会一样。

再说，文次自己也是半信半疑。虽然角藏那认真的口吻，的确让人心里发毛，但也可以看成只是个怪老头把陈年往事讲得有点过火罢了。

那个不倒翁猫，在白天看起来只是顶有点脏的旧头巾，戴在头上也与一般无异。由于这顶猫头巾已经变得很薄，甚至给人不牢靠的感觉。要是猪助发现了，或许还会斥责哪里找来的这玩意儿。

然而，可是……

文次回到组里半个月后，相生町于丑时三刻[1]失火了。文次压

---

[1] 深夜两点。

抑着颤抖的双手戴上不倒翁猫头巾，随着猪助赶到火灾现场，终于明白角藏没说半句谎话。

戴上头巾之后，那个梦境般的景象立刻出现了。文次脑中宛如开出一朵幻灯花。

他看见着火的大杂院，看见窜出的火舌，也看见有一台龙吐水[1]出了状况，火延烧到龙吐水，导致一名救火员受了重伤。什么地方没有火、什么地方会危险、风向及飞舞的火星子，文次都看得清清楚楚。

他什么都不怕了。

所幸是个无风的夜晚，火势虽然猛烈，但是在天亮前便扑灭了。文次向四周拍着自己肩膀，并向称赞慰劳自己的救火员行礼致意之后，立即朝角藏的铺子跑去。他全身沾满黑污和尘土，右手紧紧握着不倒翁猫。

“老板！”

大门没放上顶门棍。大概角藏也听到警钟声，料想文次今晚会到火场，所以没锁门，在家等文次回来。

“老板，我做到了，我做到了！”

文次跑进铺子里喊叫，二楼传来声音：“我在这里。”

文次飞也似的顺着楼梯跑上二楼。

---

[1] 木制手压救火机，只具有喷水至屋顶的功能。

“老板！”

今晚屋子里没有点瓦灯。映照在狭窄榻榻米房里的是自滑门那指头大小缝隙射进来的月光。

角藏坐在褥子上，背对着文次。

“跟我说的一样吗？”角藏问道。

“跟老板说的一样。”

“不倒翁猫让你看到火灾现场了吧！”

“全部看到了。”

角藏的声音突然冷淡了下来：“结果你打算选择走那一条路？”

“什么？”

“我不是说了吗？不倒翁猫也会让你有所损失。即使有所损失，你也想要它吗？想要这个东西给你的假勇气吗？”

“那不是假勇气。”文次不禁粗声粗气地说，“它是我的守护神。为了它，多少受到一点嫉妒，我也无所谓。”

“不是被嫉妒，”角藏继续低声说道，“是被厌恶，无法与人保持良好的关系。”

“这对我来说都无所谓！”

文次如此大声说道，角藏也扯开喉咙压过他的声音：

“那我让你看看，看看这不倒翁猫的报应。这东西让曾经是救火员的男人变成了按摩师，因为他不得不戳瞎自己，否则活不下去。那按摩师不甘一个人受苦，于是把它给了我。愚蠢的我，紧紧抓着它，结果，不但没法娶妻生子，也没法在救火队待下去，从此变成孤孤单单的一个人，不只这样，连晚上也没法安睡。一想到在没亮光的地方，万一有人冷不防地看到我的脸，我就会被吓掉半条命。”

“……老板？”

“这就是不倒翁猫的报应，你看。”

角藏转过头来。文次看到了，他的双眼在微弱的月光中，发出炯炯的黄光，宛如猫眼。

文次魂飞魄散地大叫，丢下手中的不倒翁猫，头也不回地逃开。他一路逃，连一次头也没回。

那天天快亮时，葫芦屋二楼失火了。火势凶猛，把整栋葫芦屋烧光了，却丝毫没有波及邻居。

在废墟里发现一具焦尸。大概是角藏吧。这具尸体弥漫着瓦灯油味，看似人为纵火。

人们觉得纳闷，为什么被烧死的角藏头上戴着皮头巾，而且头巾紧紧地裹住下巴？为什么那头巾上的油味特别重？

只有文次不觉得奇怪。

——文次，不要逃。只要逃避一次，就必须终生逃避，像我这样。

文次耳朵里一再响起了这些话。

第八篇

窄袖服的手

一

我是觉得你也应该可以自己挑选窄袖服了，所以今天才让你单独出门，结果呢？看你从刚才起就一副很高兴的样子。

找到满意的衣服了吗？你有没有记住阿母的话，买东西一定要小心点，真的。

你去什么地方买了？哦！牛込那一带吗？你事事都很讲究，这么晚才回来，大概就是因为这样，不过还跑得真远哪！

去牛込的哪里？那一带通称为旧衣大杂院，铺子应该很多吧。古川桥前面那条路的左边第三家？旁边是染坊？我不知道，想不起来了。阿母已经好久没到那一带了，一定是新开的铺子吧！

那，那，你展开来让阿母看一下。

哦……

这是伊予染。可是你怎么挑这种古雅的灰色？虽然跟黑缎子的衣领很相称，但不知道适不适合你。这样的话，倒不如深茶色还比较好。

咦？你怎么吃吃地笑呢！我先叮嘱你一件事，不管现在再怎么流行，阿母绝不会让你穿那种下摆会露出绯绉绸或友禅花纹的长内衣在外面四处走。你再怎么不高兴也不行。听好，你要是做出那种像茶馆女人做的事，将来肯定没有人会娶你。

话又说回来，你花多少钱买这件衣服？哦！怎么这么便宜？难怪你从刚刚就一直傻呵呵地笑个不停。

我知道了。说得也是，你说得没错，阿母也认为的确很便宜。所以啊，你让阿母仔细瞧瞧这件窄袖服，好吗？

不是，不是想挑毛病。我只是想仔细瞧瞧女儿到底买了多像样的东西。

对了，今晚会很忙。有很多客人会来吃秋收做的荞麦面。所以啊，你现在赶快去帮你阿爸，先讨好他，这样不就可以要他下次帮你买条腰带了吗？

快，乖孩子，你到那边去。

是阿鹤吗？可以啊，进来。

哎呀，哪有人像你这样突然大声嚷嚷的，你先坐下。我知道，阿母的确把你买的窄袖服拆了。可是，这是有原因的。我现在就告诉你，你先别这样又哭又叫的。拿去，用手纸擦擦眼泪。

我说啊，阿鹤，阿母现在要说的，你相信也好不相信也罢，都随你。但是，阿母是为了你好，为了你，我才说这些事的。

什么？阿母每次都这样？是啊！每个当阿母的，在她成为阿母的那一刻便会自然而然地变成这样吧。这是神的安排。

现在是不是可以开始听我说了？再擤一次鼻涕。这样不是可惜了一个好姑娘了吗？

那么，我说了啊。

你听过“付丧神”吗？没听过？唉，你老是跟阿先、阿系那些姑娘玩在一起，就算一百年过去了，大概也不会听到吧。

“付丧神”啊，跟我们平常家里使用的器物，就是水桶、勺子、锅子、梳子、镜子、扫帚和簸箕这些东西有关。家里随处可见的这些器物，用久了会有一种类似生物的精气，听说“付丧神”正是这种精气。

不过，那本来就不是真正的神，不是会带来好事的神。与其说它是神，倒不如说是一种妖物要来得恰当。它会吓人，让人害怕，有时还会降祸。为什么呢？因为有恨意。

器物这种东西，听说啊，用了一百年就会有灵魂。所以呀，陈旧的东西，最好不要随便拿来用。话说回来，任何器物都不可能保存一百年，所以也不用那么害怕。

是的，大部分东西都是早早就坏了，然后被扔掉，所以不大可能保存到能具有灵魂的地步。不过，偶尔，有些非常耐用的器物，再过一年就是一百年时，却突然被扔了，你说，它会怎样呢？当然会很不甘心，会怀着很深的怨恨吧？大概是这样吧。结果，这些器物就变成了没有灵魂的妖物，这就是“付丧神”。“付丧”也可以写成“九十九”。你懂了吗？

因此，连厨房的勺子也可能具有灵魂，更别说是人身上穿戴的东西了。这种会让人心凝聚附着的东西，触摸时更得小心点才是。你每次跟阿母到旧衣铺，老是说阿母是个吝啬鬼，其实阿母不是怕花钱才没乱买。阿母是认为，上一个主人的灵魂——而且是舍不得或对那衣服怀有恨意的灵魂，那灵魂所留下的东西，我们可不能花钱把它买回来，才会每次都这样精挑细选。

尤其是衣服，很多都附着了女人的心……

阿母会这样想，是因为小时候耳闻目睹了一件很怪的事。我现在就告诉你。

二

那大概是阿母十岁的时候，季节跟现在一样——我想，应该是快到秋分了吧。

你也知道，阿母的阿爸是叫卖蔬菜的小贩，那时我们住在深川冬木町。是的，就是那家木材批发商冬木屋那附近。大杂院叫什么来着，我已经忘了，倒是记得管理人是一个叫猪兵卫的老人，总是拄着拐杖。那拐杖很粗，有很多凸出的疖子。每当有捣蛋鬼使坏，他一时应付不了，就用那拐杖狠狠地打他们的屁股，是个有点可怕的人。

阿母家是从大门左边数的第二家，对面大街的豆腐铺住着一对夫妻。阿母家很穷，每次都为了食物四处奔波，那豆腐铺有时会送我们豆腐渣，让我们有好几顿饭可吃。

现在想起来，简直像做梦。当时连明天的饭都没着落的阿母，现在竟然是生意兴隆的荞麦面铺老板娘，有阿爸还有你……

哎呀不行，应该没时间说这些往事，因为今天会很忙。

那时，我家隔壁住了一个叫三造的男人。那时他已经是个年近六十的老人，头发稀疏，勉强还可以梳个发髻。

那个三造先生，在还是孩子的阿母看来，日子过得很寂寞。他一个人住——听说，他一直都是一个人——也不见有人来找他，更不见亲人的影子。有人到过他家，听说连个佛龛或祖先牌位都没有，所以不是家人都过世了，留下他一个人，总之，他就是一个人。而且，他跟大杂院的邻居也只是点头之交。嗯，是个怪人，大概不喜欢和人来往吧。

刚刚提到的那个管理人猪兵卫，嘴巴很紧，从来没听他说过大杂院房客的闲话。即使是对方提起的，他也不能忍受，只狠狠瞪对方一眼便打住了。所以，在发生许多事之后，有关那位三造先生的身世，阿母和大杂院的人，终究没有人知道。

发生许多什么事？你也真是急性子。我现在不是正要说吗？

事情是这样开始的，三造先生不知从哪家旧衣铺买来一件女人的窄袖服。

三

一个男人，而且是六十岁的老人，买女人的窄袖服很怪？说得也是，一般说来应该很怪，可是三造先生的话一点都不怪，因为这个人是卖袋子的。

你知道吧？两国桥那一带，有时不是也会有人在卖袋子吗？就是在竹竿上挂一大堆小方绸巾啦、手套啦、烟管袋啦，反正就是在路边卖很多漂亮的袋子。三造先生做的就是那种生意。虽是个男人，但手应该很巧。对了，这只是听说的，我好像听人说过，他以前在通町那一带的一家和服大铺子做事。

三造先生都到旧衣铺或和服铺采买缝制袋子的材料。他从和服铺买来裁剪后的零碎布，从旧衣铺找些有污渍的瑕疵品，然后用很便宜的价钱买下来，再剪下可以用的部分。

总之，这件窄袖服，三造先生起初也是买回来准备做成袋子。不过，这些都是后来才知道的。

三造先生看起来怪怪的——最早到阿母家告知这事的是住在对面一个叫阿铃的小曲老师。她是傍晚过来的，那天，我记得很清楚，天气热得好像夏天似的，大家都一身汗。

所以看到阿铃老师额上冒着汗时，阿母和阿母的阿母都以为是天气的关系，可是仔细一看，阿铃老师全身都在发抖。

“到底怎么了？老师。”阿母的阿母问道。

结果，阿铃老师跑进我们家，搂住阿母的阿母。

刚好那时，阿母和阿母的阿母正在做贴灯笼的家庭代工，双手都黏黏的。阿铃老师这个人，靠的是小曲老师这种身份为生的，事事都很时髦，而且很爱干净，要是平时，她绝对不会去触摸贴灯笼沾满糨糊的手，可是，她那时却像溺水的人抓住竹竿那般，冲过来搂住我们。

“我刚刚到三造先生那儿，”她气喘吁吁地说，“本来想从他那买个新钱包。”

“三造先生回来了？”阿母的阿母问道。

阿铃老师连连摇头。

“还没回来。可是门开着……”

现在已经没有人会这样了，但是大约三十年前的冬木町，住在后巷大杂院的人，有时出门或睡觉也不会把门关上。反正家里也没什么好偷的。

“我进了屋子等他回来。坐在入口的地板边，等了一会儿……”

“然后呢？”

阿铃老师像是怕隔壁听到似的压低声音。隔壁正是三造先生家，跟我家只隔着一面薄墙，要是孩子吵闹踢到那面墙，大概会被踢出一个洞。她那个样子，看起来就跟隔壁有人偷听似的。

然后，她说：

“墙边的衣架上挂着一件窄袖服。是黄绿色的，很漂亮的窄袖服，上面有丝线刺绣。”

“啊，那个，应该是三造先生用来做生意的。他说刚买回来的那几天，得挂在衣架上去霉味。”

阿铃老师又一副偷窥隔壁动静的表情。

“我也是这么想的，觉得很漂亮，就一直看着。因为太漂亮了，心想，在三造先生剪成碎布缝制袋子之前，不知能不能整件卖我。”

“结果呢？”

阿铃老师又冒出汗来。这时，阿母也总算察觉，原来那是冷汗。

“从那窄袖服的袖口伸出两只白白的手，而且还对着我招手。”

阿铃老师说完便抱着头蹲了下来。

阿母那时觉得她好像倒栽葱掉进井里似的，她怕得全身都无法动弹。结果，阿母的阿母一副生气的模样，扶起阿铃老师说：

“老师，不要在孩子面前说这种怪事。万一晚上尿床，很伤脑筋呀！”

阿铃老师边哭边说那不是胡说，但阿母的阿母还是设法把阿铃老师带到外面，不一会儿就回来了，她对阿母说：

“她刚刚说的，不要放在心上，懂吗？”

阿母点头。事情也就暂时告一段落。

可是，那天晚上阿母根本睡不着。

我阿母也不是那种喜欢说长道短的人，所以阿铃老师说的那件事，她没对其他人说——除了我阿爸之外——我阿爸也不是胆小的人，不会为了这种事大惊小怪，所以事情就那样结束了。

但是对阿铃老师来说，她大概忍不住吧。再说，谣言都是飞毛腿，不到三天，三造先生家里那件旧窄袖服伸出手的事，传遍了整个大杂院。

俗话说越怕越想看，这话很有道理。如今与三造先生没什么交情的人，也争先恐后地跑到三造先生家偷看。

三造先生虽是温和的人，但也不是傻瓜，他好像马上明白到底是怎么回事。可是这之后的事就更令人想不通了。

要是平时的三造先生，因为自己的事在大杂院引起骚动——一旦发生这种事的话，他无论如何一定会先向大家道歉，即使自己没错，也会跟大家弯腰打躬，让事情圆满落幕。他就是这样，不擅与人打交道，是个生性怯弱的人。

可是，那时他却一反常态。他态度强硬地告诉大家，我家里没有那种窄袖服，一定是看错了。

当时三造先生的表情，阿母心想，简直跟人家向他告密，说他媳妇在外面有男人的那种表情没两样。什么？阿母早熟？唉，那有什么关系。你还不是跟阿母差不多。

三造先生本来就跟大杂院的人没什么往来，之后就像用剪刀剪断那般，完全断绝往来。他不管遇到谁，连笑都不笑。

不过，还是经常有人趁三造先生不在家时偷偷跑来，想看那窄袖服，结果三造先生也想出对策，每次出门做生意，好像都叠好一起带出门。听说有人进到他家，发现衣架上没有那件窄袖服，而衣箱里也没有。这也实在太不像话了。

如此这般，这件事最初虽然引起轩然大波，但是半个月后就不了了之了。也就是说，大家都忙着赚钱糊口，根本没闲工夫管别人的事，何况管的又是没钱可赚的事。

但是，对住在三造先生隔壁的阿母家来说，可就不同了，不但问题没有解决，反而朝更恐怖的方向演进。

阿鹤，你知道为什么吗？因为每天晚上三造先生家都会传来笑声——三造先生的声音。

四

那个人竟会发出笑声，光是这一点就令人难以置信，可是这是真的。每天晚上到了睡觉时间，就会听到三造先生愉快的笑声，说起当天做生意的情况，或在外面碰到的趣事，有时还会抱怨。

很可怕啊，阿鹤。阿母一家人，每天都像是睡在湿淋淋的棉被里。虽然每天都尽可能地将棉被挪得离那面墙远一点，可是，再怎么挪也有限啊。最后，阿母一家三口每晚都搂在一起睡。

而且，还有一件更恐怖的事。

那就是，虽然阿母一家也吓得几乎都瘦了，但是三造先生，他真的是一天比一天瘦了。

他好像逐渐失去血色。当他背着挂上商品的竹竿出门时，脚步显得踉跄，而且越来越严重，严重到仿佛日影变化般一眼就能看出来。

阿母住的那栋大杂院，是豆腐铺、阿母家、三造先生家三家毗连的房子，而豆腐铺早早就睡了，早上比我们起得早，所以只有阿母家能在深夜听到三造先生家的动静。大杂院里的其他人，打从发生这件事以来，对三造先生更加厌恶了，大家都不想与他有任何牵扯。

我们一家三口，想尽各种理由说服自己，说是三造先生家大概来了客人，我们像这样乱说一气，忍耐了一阵子。可是，就在快忍耐不了时，大杂院的管理人来了。他每个月会来收一次房租。

大杂院的管理人一看到三造先生，似乎马上就明白他有些不寻常，又因为我们是邻居，所以管理人马上到阿母家来。

“就算问他，也无从问起。到底发生了什么事？”

于是阿母一家将事情的经过全说了出来。

管理人表情严肃得好像木雕面具，听完了整件事，他要我们当天晚上让他睡在家里。等他亲自确认三造先生的确与人说话，这才回去。

“你们再忍耐几天。我去拜托能够处理这种事的人来帮忙。”管理人说道。

“三造先生到底怎么了？”

阿爸哭丧着脸问管理人，他说：

“真可怜，那个男人，可能被妖怪附身了。”

之后大概过了四天吧，管理人不知从哪个寺院找来一个大和尚。

在这期间，阿母一家只有一次亲眼看到管理人说是“妖怪”的那件窄袖服。那到底是好是坏，阿母到现在也不知道。

那晚是满月。三造先生跟平日一样愉快地说着话，当他突然静下来时，传来拉开拉门的声音。

阿母一家三口在漆黑的屋里，不知彼此对看考虑了多久。

“去看看。”

起身站起来的是阿爸。

“你们待在屋里。”

可是，也不能让阿爸单独一个人出去。阿母的阿母和阿母两人牵着手，悄悄从拉门后面探出头来。

阿爸蹲在拉门的一旁。他躲在太平水桶后面，挥手示意我们蹲下。因为三造先生就在前面，离我们非常近。

三造先生背对着我们站在大杂院的大门前，抬头看着夜空圆圆的月亮。

而且，他那瘦得不成人形的肩上背着那件窄袖服。

我知道啦，不是背着窄袖服而是披着。可是啊，阿鹤，那时看在阿母的眼里，三造先生真的是背着那件窄袖服。

跟阿铃老师说的一样，是件黄绿色的窄袖服，肩上、袖子和下摆有华丽的丝线刺绣。那刺绣在月光下闪闪发光。那个时代，不像现在官府严禁奢侈，所以连袖子也做得又长又宽。

三造先生好像背着孩子似的，对着孩子说：“你看，是月亮，很漂亮吧。”并且慢慢地、慢慢地左右摇摆身体。虽然听不太清楚，不过他好像在哼歌。

三造先生只要摇动身子，那件黄绿色窄袖服就会随着微微的晚风飘动。下摆、袖子和身子的地方，每一飘动就会隐约看到整片里子都是绯红色——鲜血一样的颜色。

而且，阿鹤，阿母看到了——

那绯红色里子滚边的窄袖服的两个袖口，伸出两只夜里也看得到的白皙的手，紧紧搂住三造先生的脖子。

由于阿爸挥手示意，于是我们都回到屋里。整晚都没合眼。

我想，阿爸和阿母的阿母也都看到了。怎么可能没看到？可是，他们大概是不想让阿母留下可怕的回忆吧，两人直到过世了，一次也没提起，一句也没说起那时发生的事。

接下来是第二天早上的事。三造先生躺在昨晚那个地方死了，是早起的豆腐铺发现的。

听说地上就只有三造先生，窄袖服不见了。

是的，窄袖服消失了。

我刚刚也说了，大杂院管理人跟那大和尚来时，已经太迟了。所以他们没告诉我们这到底是怎么回事。

大杂院管理人整理了三造先生的东西，并让大和尚在房里做驱邪法事，但是让那个房间整整空了一年以上。

关于这件事，大杂院管理人说得有限，不过，阿母记得很清楚。

“那件窄袖服，大概附着了死于非命的女人的灵魂。这在旧衣服里是很常见的。仔细检查的话，有时会发现血迹，或是从死人身上扒下来卖的寿衣。”

“可是，那种东西，三造先生为什么……”

为什么那么珍惜，并愉快地对着衣服说话，甚至背着衣服赏月？阿爸这么问，大杂院管理人说：

“三造大概太寂寞了。”

阿鹤，我也这么认为。只要看到那一幕赏月的光景，任何人都会这么想。三造先生，他其实是很满足的。

对了，对了，还有一件事，就是那个小曲老师阿铃。

三造先生过世后，那件窄袖服也跟着消失了，这时又发生了令整个大杂院天翻地覆的骚动。当然，阿铃老师也卷入这场风波。因为啊，阿铃老师说：

“我看到的确实是有丝线刺绣的黄绿色窄袖服，可是里子不是绯红色而是白色。我发誓，真的是白色。”

阿母说了这么久，你累了吗？虽然这事没有一个明确的答案，不过确有其事。

你不要吓成这样。那件窄袖服，再怎么说，应该老早就变成灰了。什么？你一辈子绝不穿黄绿色衣服？哎呀，看来吓着你了。

不过啊，阿鹤，既然你怕成这样，就再听阿母说一件事好吗？

你买的这件窄袖服，阿母是将它拆了，不过，你现在应该知道阿母为什么要这么做了吧？我是想仔细检查有没有可疑的地方，因为和这衣服相较之下，价钱未免太便宜了。

结果啊，阿鹤，阿母发现了这个，你觉得怎样?

你看，这个。我总觉得腰身太窄，原来是重新将腰身缝窄了。拆开一看，就发现这个。这条缝，不知是什么？刚好在侧腹的地方，难道是刀伤……

我知道了，我知道了，这有什么好哭的？那，这件窄袖服，阿母找个理由退还旧衣铺好了，还是今晚搁在这里，看看会不会有什么动静?

真是的，我不是故意捉弄你啊。别哭了，别再哭了。

第九篇

上吊本尊神

一

逃回家也没用。不但被阿爸毒打一顿，而且上总屋也会马上来接人。

“你的工资已经预领了三年，怎么可以偷跑回来。你也应该为大家想想！”

阿爸如此怒斥，阿母则在一旁哭泣。可是，上总屋掌柜一来，他们都同时弯腰打躬，并按着舍松的头让他连连鞠躬，一再地恳求对方原谅。

掌柜虽然没有一脸可怕的表情，也没有一副就算在脖子套上绳子也要把舍松带回去的模样，他只是以哽在喉咙的声音，再三地说，要是舍松不回去，就必须归还已经预领的工资。

这时，阿爸和阿母把头贴在磨破的榻榻米上一再地道歉。看到这个光景，只有十一岁的舍松，也觉得好像理解了这世间的道理。

这事比什么都伤他的心——他已经无家可归了。不，打从一出娘胎起，或许他就没有家了。穷人都是这样的。

“工作可能会很辛苦，但你就当是救阿母一命，好好工作。要是你撑不下去了，大家只有去上吊啊！”

阿母边哭边这么说。她一句也不肯说，太可怜了，回来吧。

掌柜带着舍松回通町铺子，一路沉默不语。这是今早的事，横渡大川时，迎面吹来的冬风冷得好像会割下耳朵似的。昨天傍晚，舍松奉命到马喰町办事，两国桥看似在向他唱歌招手，家就在眼前，阿母就在那里，过桥来啊，过桥来啊——于是舍松拔腿飞奔，桥上一条条木板在他小小的脚底下摇荡，仿佛要将他载回家，载回那个他出生、成长的大杂院的小小屋里，而今早在阳光下看来，竟白得好像死马的肚皮。

“今天不准吃饭。”

回到上总屋后门时，掌柜好不容易开口，却只说了这句。此时，舍松的眼泪虽已干涸，但肚子却咕噜咕噜叫。

舍松在五个兄弟里排行老大。尽管阿爸不是临时工木匠，是白天受人雇用的师傅，但赚的钱大半花在买酒上。阿母整日过着没有笑容的生活，每天就这样一点一滴地消磨掉。

在这样的日子里，舍松至今不曾出去做事，这也很不可思议。许久以前，原本有人来提过几次工作，但舍松家在大杂院里特别穷，加上原本就不是开朗个性的阿母的表情，以及酒后会闹事的阿爸的恶评，种种原因加在一起，使得“那家的孩子会偷东西”“那家的孩子不会做事”的风声不胫而走，所以那些工作都没下落，事情似乎是这样的。

因此，当日本桥通町和服批发商上总屋表示有意雇用舍松当学徒时，阿爸和阿母死命抓住这个机会。

“你要是去当学徒，就可以不用饿肚子，我们一家人也可以得救。”

阿母如此说服舍松，并握住舍松的手流着泪说，不管再怎么辛苦都要认真做事。

她没说，要是无论如何都受不了了，可以回家。

可是，年幼的舍松认为阿母虽然没有说出来，但心里一定是这么想的，也因此，才答应去当学徒。因为他以为，要是太辛苦了可以回家去。

然而，他错了。原来已经无家可归了。就算回家，阿母也只是哭泣而已。

掌柜将他带回去的那天，舍松饿着肚子帮忙卷布匹时，脑海里好几次浮现出阿母那张哭泣的脸。舍松哭着说很寂寞、很辛苦、很想回家时，阿母没看着舍松，只是掩面哭泣，那模样总会在舍松的脑海里浮现。

“你又在发呆，看，布匹都卷歪了。”

长舍松一岁的学徒不断戳他的头，舍松才回过神来，但是阿母的哭泣声却没有从耳边消失。怎么也不会消失。

二

大老板叫你过去——这是舍松被带回来数日之后的事。

“今晚睡觉前，你必须去大老板的房里一趟。我会带你去，你要准备好，眼睛睁大点不要睡着了。”

大老板！不是老板？

不只舍松，舍松身边的其他学徒似乎也感到很奇怪。大家都看着舍松，一副看似嘲笑又像是纳闷的表情。

“是，知道了。”

舍松双手贴在榻榻米上行礼，躲开那些视线。然而，他心里七上八下的，难道会被解雇？

那晚，掌柜依约前来接舍松，他让舍松站着，检查他的衣服和头发，然后一手举着油灯，领先大踏步往走廊走去。上总屋这房子大约有五十年了，这期间因反复增建，走廊像迷宫似的。跟在掌柜身后踏上磨得光亮的走廊，这是舍松当学徒以来第一次踏进的地方。不，不只舍松，除了下女之外，大部分的佣工，肯定从未到过这么里边的地方。

在通往里屋的走廊左转后，掌柜走向游廊。舍松一接触到外面的空气几乎要打喷嚏，他慌忙用手捂住嘴巴。即将满月的月亮苍白地照着上空，花草丛里闪着冰冷的亮光。原来是霜。

打开游廊尽头的纸门，出现三席榻榻米房。掌柜叫舍松跪坐下来，自己也并着膝盖端正跪坐后，朝榻榻米房对面的纸门大喊：

“大老板，舍松来了。”

大约间隔了一个呼吸的时间，有个年老男人的声音回应：“进来。”

掌柜过去打开纸门。在座灯的亮光下，头朝着壁龛、看似很温暖的被窝里坐着个还没睡的矮小老人。他就是大老板。

掌柜抓住舍松的手催促着，舍松膝行到房间的门槛前，掌柜在此按住他的头贴在榻榻米上。一个纸门之隔，房里的气温明显不同。

“把头抬起来。到这边来。”

大老板直接对舍松说话，然后跟掌柜说：“辛苦你了，你可以回去了。舍松可以自己回去吧？”

掌柜有点迟疑，大老板再度点头催促，他行了礼，退出房间。掌柜离去时，还不忘用力瞪着舍松，意思是叮嘱他可别出差错。

“到这儿来。把纸门关上。因为会冷。”

大老板如此吩咐，舍松赶忙站起来，紧紧关上纸门，然后又跪坐下来，在紧闭的纸门前缩成一团。结果，大老板笑了笑说：

“你在那边的话，我没办法说话。我老了，不但耳背也没法大声说话。再靠过来一点……这样吧，你到火盆旁边。我大概会说很久，你边取暖边听我说。今晚大概会越来越冷。”

舍松依照吩咐，如戏剧中的活动人偶，僵硬地移靠过去。火盆里埋了很多炭。舍松又发现，房间另一个角落也搁着同样的火盆。难怪这么温暖。这对舍松来说，有如梦境一般。

“怕你困，我就开始说吧。”

大老板又微笑了。不知是年龄的关系还是本来就这样，大老板的身高跟舍松差不多。一双耳垂紧贴着脸庞，白色发髻也只有舍松的中指那般大，头发十分稀疏，更显得头小。

大老板到底几岁了？舍松听说现在的老板继承上总屋已经有二十年以上，假若大老板六十岁退隐，算算应该也超过八十岁了。

“我叫你到这儿来，不为别的，因为有个东西要让你看。”

大老板说完，打算从被窝里出来，可是，他的动作很不利索。最后，不知是不是自己也觉得不耐烦，竟扑哧笑了出来，他说：

“舍松，你把搁在壁龛那个细长盒子拿过来。”

舍松朝挂着一幅水墨画挂轴的壁龛看去，插着黄菊的花盆一旁，果然搁了一个陈旧细长的盒子。舍松站起身，双手轻轻抱起盒子，捧到大老板身边。

挨近时，大老板身上传来类似枯草的味道。

“你看看这个。”

大老板解开细长盒子上的绳子，自里面取出看似卷轴的东西。展开一看，是一幅挂轴。

跟挂在壁龛的那一幅挂轴一样是水墨画。到上总屋做事以来，舍松第一次知道原来世上有人家里用这种东西装饰，对舍松来说，那幅壁龛的挂轴和眼前的这一幅都很稀奇。

可是，在这样的舍松眼里，那挂轴上的画十分怪异。

画里是个男人：梳着商人发髻，身穿条纹衣，年龄与掌柜差不多，头发也有点花白。

那男人用粗绳吊着脖子。画里的确如此。双脚离地约一尺，一只草鞋倒扣在地上。

然而，画里的男人却是笑着的，不知道为什么，他的表情很愉快。

舍松瞪大眼睛望着挂轴，大老板跟挂轴里的上吊男人一样表情愉快，他笑着说：

“吓了一跳吧？很奇怪的画吧？”

“……是。”

“这个啊，是上总屋的传家宝。”

“传家宝？”

“是的。对上总屋来说，这是比财神、伊势神宫的神，比一切都重要的神。我称这个为上吊本尊神。”

三

这是很久很久以前的事了——大老板开始讲述。

“以前，我也跟你一样是个学徒。比你更小的时候，虚岁九岁那年，最初到浅草一家旧衣铺井原屋当学徒。”

大老板也是佣工——光是这件事就令舍松大吃一惊。

“你很惊讶？我以为铺子里的人都知道。我以一个学徒的出身，创立了上总屋，所以你目前的老板是第二代。我有时也会认为他没吃过苦，很伤脑筋！”

对舍松来说，老板是高高在上的，大老板竟然这样说他。舍松觉得奇怪又有趣。

大老板继续说道：“我在井原屋过的生活，比你现在的学徒日子更严苛。因为那个时代，整体来说，要比现在穷多了。”

不知道这有什么好笑，大老板的喉咙里发出咯咯的笑声。

“而且，我跟你一样是穷人家的孩子。待在家里没法过日子，所以父母送我去当学徒。”

大老板对我的事很清楚——舍松觉得很奇怪。不过是个佣工，而且是最底层的学徒。

大概舍松心里想的都写在脸上了，大老板说：“铺子里佣工的事，我都很清楚。因为还不放心全交给儿子们管，所以今晚才叫你来。老实说，舍松，我也有过一次自井原屋逃回家。”

可是，逃回家也没用，马上又被带回铺子，家人也没有热情欢迎——几天前舍松深深体会到的事，竟从大老板口中说了出来。

“然后啊，舍松，回到井原屋之后，当我吓得要死时，那儿的掌柜叫我过去，告诉我这件事。”

“这个……上吊本尊神的事吗？”

“是的。你看，这本尊神的穿着很像佣工吧？”

的确很像。

“告诉我这事的掌柜叫八兵卫。他在井原屋待了三十年，仍旧是个没有成家的住宿掌柜。那个人啊，舍松，对着还是学徒的我坦诚以告，他以前刚来做事时，因受不了寂寞和辛苦也曾逃回家，然后又被带回铺子。很奇怪吧？每个人都做了同样的事。

“可是，当时还是学徒的八兵卫掌柜，不像你和我死心地决定待下来。听说他一被带回铺子就想寻死，因此深夜偷偷爬出被窝，跑到土仓房里。他认为那儿最适合上吊，只要挂在壁钩上就可以很快死去。”

舍松想起土仓房的墙壁，雪白的灰泥墙上有几根牢固的粗壁钩。刚来这里做事，便有人告诉他，那是粉刷土仓房墙壁和补修屋顶时用来搭脚的，另外，发生火灾时，救火员可以利用壁钩爬上屋顶。

那样的壁钩，的确可以挂上绳子上吊。而且土仓房比较不显眼，事后也容易处理，不会给人添麻烦。

“学徒八兵卫想到土仓房上吊。因为是旧衣铺，他准备去上吊时随手拿了腰带或其他什么东西，可是里面已经有人早他一步。与今晚一样，在即将满月的月光下，他看到有人挂在土仓房的壁钩上。”

舍松说不出话来，只是望着大老板，然后又望着眼前画着上吊男人的奇怪的画。画里的男人似乎对着舍松笑。

“那个上吊的男人，对着在下面仰望、吓了一跳的学徒八兵卫说：‘哦，晚安。可惜这儿已经客满了。’”

世上真有这种事？不，绝对没有。上吊的人怎么可能向人搭话……

大老板似乎越说越愉快。

“是吗？跟你一样，我也认为那是骗人的。可是八兵卫掌柜一本正经地说确实看到了，而且，听说他心里还觉得：‘啊，是吗？真是失礼。’墙上还有其他壁钩，应该不是像那个男人所说的‘已经客满了’，可是，他就是不想跟对方并排一起上吊。听说他急忙钻进自己的被窝，蒙着棉被睡了。”

但是，他终究还是很在意。也许是看到鬼魂之类的了——第二天早上，八兵卫这么想。由于他白天去了土仓房，但是墙上什么也没有，因此他更是这么认为。

“于是，第二天晚上，他又去了土仓房。结果那个男人又在里面，一样挂在壁钩上，好像很高兴的样子。他双脚晃来晃去地说：‘哦，又遇见你了，晚安。可是这儿已经客满了。’

学徒八兵卫这回觉得很恐怖，头也不回地跑开。可是，那个上吊男人像在追赶他似的，在他身后说：‘如果肚子饿了，跟阿道拜托看看。’阿道是当时的井原屋下女，听说是个十分冷漠的可怕女人。跟阿道拜托看看……怎么说这种奇怪的话，真是个奇怪的鬼……是的，学徒八兵卫认为那是鬼。”

然而，那个“鬼”没有说谎。

“第二天，学徒八兵卫基于好奇，与其说他是肚子饿，倒不如说是禁不住好奇，他偷偷向阿道说他饿得难受。结果，阿道虽然仍是一副冷漠的表情，但是那天晚上，她偷偷地留下饭，让八兵卫多吃了饭团，而且还向八兵卫说，以后会尽量照顾他。听说，她现在还是经常偷偷给那些小学徒饭吃。”

舍松听得入迷地望着大老板。

“于是，八兵卫掌柜认为，土仓房的那个上吊男人，也许是井原屋某个过世佣工的鬼魂。所以那天晚上，他又提起勇气到土仓房。那个上吊男人仍在里面，又向八兵卫说：‘晚安。这儿已经客满了。’”

学徒八兵卫仰望着那个背靠着雪白土仓房墙壁、双脚晃来晃去的上吊男人，强忍着害怕地问：

“你是鬼吗？”

上吊男人静静地笑着，从袖子伸出手用力地挥摆。

“不是。”

“那，是什么？”

“我是神。”

学徒八兵卫很惊讶。世上哪有挂在土仓房墙壁的神？

“神怎么会在这种地方？”

“我喜欢这里。再说，也没有其他地方可去。”

“你是什么神？”

“什么神吗？佣工神。”

大老板微笑地探看舍松的脸。

“你知道呆若木鸡这句话吗？意思是说突然不知道要紧张而发愣的样子。学徒八兵卫当时正是那样。

之后，据说学徒八兵卫几乎每晚都到土仓房。男人也每晚都挂在墙上，每次都面带笑容，而且也每次都说‘晚安。这儿已经客满了’。八兵卫掌柜逐渐不害怕了。因为他跟那个男人谈过话之后，知道那个男人和下女阿道一样，会教他许多事。下女们的事、厨房的事、掌柜当天的心情、某个客人送来豆沙包，运气好的话也许可以吃到……大致是这种事。那个男人总是知道很多事。”

舍松战战兢兢地问，一开始还发不出声音。“结果学徒八兵卫就不想死了吗？”

大老板用力地点头：“他不想死了，不仅如此，也不再像以前那样觉得工作很辛苦。接着，他开始相信那个男人的话，认为土仓房的上吊男人真的是神，是佣工神。”

如此这般，除夕夜到了，接着是元旦。夜里，学徒八兵卫又偷偷到土仓房。

男人依旧在里面。

“他向那个上吊神说，今天是元旦，要不要供奉什么东西。‘如果给我一杯酒，我会很感激。’于是八兵卫潜入厨房，设法拿到酒，再送到男人那儿。男人非常高兴地道谢，过了一会儿，兴致高昂地唱起歌来。”

“唱歌？”

“他用脚踢着土仓房墙壁打拍子。”

据说，成为掌柜的八兵卫，对着当时还是学徒的大老板，唱起上吊神唱的歌。

“听说是很久以前的谣曲。”

人口贩子船　于海面划行

反正迟早被卖

至少静静划　船夫先生啊

大老板学那个腔调慢慢地唱给舍松听。

“掌柜八兵卫说，他一直忘不了这首歌。那是听起来非常悲伤的歌。”

之后，学徒八兵卫依旧时常到土仓房，而且，在上吊神的鼓励下，逐渐学会分内的工作，渐渐习惯了铺子的生活，也习惯了严苛的学徒生活。

“大约过了半年，学徒八兵卫底下进来更小的学徒。八兵卫摇身一变，必须照顾那个不到十岁的孩子，立场跟以前不同了。在这种忙碌的日子里，到土仓房的次数逐渐变成每隔一天、每隔两天。有一天，他发现已经有十天没到土仓房了，半夜偷偷钻出被窝，去了土仓房……”

舍松往前挪了一步问道：“然后呢？”

大老板徐徐地说：“上吊男人已经不在那里了，听说不见了。”

学徒八兵卫寂寞地哭了——大老板继续说道。

“不过啊，听说他告诉自己，我背后有上吊神，有佣工神，所以不是孤单一个人，只要认真做事，上吊神一定会守护自己。”

多亏忍耐，学徒八兵卫在三十岁前成为伙计，之后也一直认真工作，最后终于成为掌柜。

“这幅画……”大老板摸着挂轴，“正是八兵卫成为掌柜时所画的那个上吊神。他不是很会画画，但努力画好了之后，他自己也认为画得很好。而且八兵卫掌柜一直很珍惜这幅画。然后，跟你一样，我因耐不住寂寞和辛苦，逃回家又被带回来之后，他让我看这幅画，并告诉我这件事。”

虽然大老板终究没有亲眼看到那个上吊神，但是，这件事，以及告诉他这件事的掌柜八兵卫，一直是他在井原屋待下来的精神支柱。

“八兵卫掌柜说，任何铺子的土仓房里的壁钩都挂着一位佣工神。只要继续忍耐，一定会有好事降临。明明是神，却那样吊着脖子，是想亲身体会佣工的辛苦，而之所以出现在土仓房，是因为他是为最底层的人而存在的神，所以没有其他地方可去。”

虽然大老板在井原屋爬到了伙计的位子，但因为对做生意已经学到了一定的程度，便以一点一滴存下的钱为本钱，决心独立，开始挑担子叫卖旧衣，而那挑担子的生意正是奠定今日上总屋的基础。

“我离开井原屋独立时，八兵卫仍是住宿掌柜。他那时腰腿已经不怎么能使力了。之后，他说是为了庆祝，也当作遗物，送了我这幅画。”

大老板仿佛已经说完了，闭上嘴巴微微笑着。舍松不知道接下来该做什么。

“你回房去吧。我要说的就这些而已。”

听大老板这么说，舍松才站起来。

回到佣工房时，八个人挤一间的朝北榻榻米房里已经找不到地方睡。反正平常也一定会有人抢走舍松的夜着，舍松干脆不睡了，缩在屋里一角，抱着膝盖搁着下巴。

——原来，是一顿教训……

上吊神？佣工神？

不可能有那种神。

四

之后，舍松虽然继续待在上总屋，却不大相信大老板说的事。他认为那是老人家的胡言乱语，只是想说说自己昔日的辛劳罢了，说他也曾是学徒。

然而，尽管是这么想，舍松心里也觉得那故事安慰了自己。他觉得很讨厌，好像掉进了大老板的手掌心。

再说，佣工的辛苦一点也没变。

此时正值七五三节[1]，为了庆祝小姐的七岁节日，上总屋的里屋不但有皮外褂师傅前来祝贺，也有人送来一桶桶的喜酒，连续几天都很热闹。仅是用余光瞧着这些光景，便觉得寂寞和悲惨。

---

[1] 每年十一月十五日，三岁男女孩、五岁男孩、七岁女孩到神社参拜的节日，相传至今。

大概是因为这个，月底时，舍松突然想到土仓房看看。不是去求救，而是去确认，去拆穿那个骗人的鬼话。

不可能有上吊神。怎么可能有？等确认之后，舍松打算再度逃离铺子。这回不打算回家了。到其他地方生活，只是养活自己的话，应该没问题。就算当乞丐，也总比现在过得好、吃得饱。

那晚飘着小雪。舍松蹑手蹑脚地穿过走廊，从怀里取出木屐下到后院，朝土仓房走去。

土仓房的墙非常白，静静地伫立在眼前。舍松的脚趾冰凉，双手也冻僵了，一头的雪花。

土仓房四周的墙上绕了一圈钩形壁钩。不知是不是雪光的关系，舍松觉得灰白的泥墙上，壁钩的黑影像是浮在半空中。

里面不见上吊神，当然也就不会有那张笑脸。

舍松叹了一口气，转过身去。好，准备逃走吧。这种铺子再也待不下去了。我又不是小孩，怎么可能会相信这种胡言乱语。

这时背后传来东西掉落的声音，舍松回过头去。

就在他回过头的那个瞬间，吓得他汗毛直竖。

土仓房最前面的那个壁钩，阿母，舍松的阿母挂在那儿上吊了。

她的脸上没有笑容，扭曲的脸，显得十分痛苦，她手指弯曲、双眼通红地凸了出来、眼皮半合、翻着白眼。

刚刚那个声响是阿母的草鞋掉落在地上的声音。薄薄的雪花下覆盖着一只鞋底磨破的草鞋，鞋尖朝着舍松。

舍松声音嘶哑，跑向土仓房，跑向阿母的身边，可是，就在那一瞬间他的头狠狠地撞在了坚硬冰冷的墙上。

舍松抬头一看，壁钩上没有任何东西。

是梦……

舍松全身无力。耳边又响起阿母的哭声——你要认真做事，就当救阿母一命。

就当救阿母一命。

——要是你撑不下去了，大家只有去上吊啊！

不能逃走，我已经不能再从这铺子逃走了。

仿佛有一股力量贯彻脊椎让他挺起腰杆，舍松第一次这么觉得。

之后，舍松成了上总屋最年轻的伙计。那是他十八岁的事，同时改名松吉。

那年春天，大老板以百岁的高龄寿终正寝。

松吉不动声色地对铺子的所有佣工探问，调查有无其他人自大老板口中听过“上吊本尊神”的事，可是没有问出什么结果。连大老板手上有稀奇挂轴一事都没有人听说，那就更别说画着上吊男人的挂轴是上总屋传家宝这事了。

那时大老板让他看的挂轴到底在哪里？

大老板过世后的某天夜里，许久不曾到土仓房的松吉去了土仓房。

不用说，壁钩上根本没挂着任何东西。

松吉内心深处缓缓地涌出宛如甜酒酿那般甜蜜的笑声。

看来那时的自己果然上了大老板的当。

可是，双亲和兄弟却也因此免于走上绝路。

“人口贩子船，于海面划行……”

松吉小声地哼着歌，脸上微微一笑。

第十篇

神无月

一

夜深了，昏暗小酒屋一隅，一名捕吏坐在米黄色酱油桶上对着老板喝酒。

老板是个早已年过六十的矮小老人，跨在头上的发髻呈银丝色，背也驼了。捕吏则是三十过半，一副总算不负人家称他头子的模样。

虽是十个客人便能挤满的铺子，但这个时候，已不见其他客人。由于这铺子必须在天亮前卸下绳帘挂上小饭铺招牌，要是平常早就打烊了，但捕吏每两个月一次坐在铺子角落的酱油桶时，当晚老板便会特地留下来，让他独酌。这个习惯已持续多年了。

捕吏只叫了鲨鱼皮鱼冻当下酒菜，自斟自酌地慢慢喝着烧烫的酒。喝掉一瓶蓝色花纹酒瓶的酒时，老板会随时再搁下一瓶新烫的酒，直到第三瓶为止，这是捕吏的习惯。

两人不常开口交谈。捕吏默默喝着酒，老板慢条斯理地清洗东西或准备明天的饭菜，偶尔会响起菜刀声。在昏黄的座灯下，热气袅袅升起。

老板背后的账房墙上贴着三张菜单和一张年历，捕吏仰望着墙壁。每天更换的菜单纸很干净，但自元旦到现在始终被炊烟熏的年历已染成了淡茶色。

年历也和我们一样会老——捕吏突然这么想。

“已经是神无月[1]了。”

捕吏倒着酒，低声说道。老板只是低头忙着做事，嘴角轻轻微笑地点头而已。

“神无月到了，这个月真讨厌。老板，你还记得吗？去年我告诉你的事，大概也是在这个时候。”

老板再度点头，从旁边的笊篱取出一根葱，开始剁葱。

“你剁葱做什么？”

“纳豆汤。”

“啊，那太好了。可是，我已经喝这么多了？”

“才第三瓶而已。”

老板剁完葱，洗了手，水咕嘟煮沸了。老板边看看烫酒的情形边说：

---

[1] 日本旧历中十月的别称，意为“神仙离开的月”，据说在这个月里，众神会聚集到出云，其他地方是没有神灵的，而出云则称十月为“神有月”。

“去年第一次说那件事时，头子也是吃了纳豆汤才回去的。”

“这样吗？那是我爱吃的。”

捕吏还仰头看着年历，老板也回头看。

“今天是凶日。”

“那正好，不是适合讲郁闷的事吗？”

老板轻轻皱着眉说：“今年也发生了吗？”

“没有，还没有。还没发生，目前还没。”

“察觉这事的只有头子一个人吗？”

“倒也不是。因为我说出来了，但是大家都想不通。”

捕吏抬起头与老板四目交接时，得意地笑了。

“这也难怪。我也认为，每年只在神无月偷盗一次，其他时候静悄悄的……这种规规矩矩的盗贼到底是什么样的家伙，连我都觉得很怪。”

二

夜深了，后巷大杂院一个宽九尺、深十二尺的昏暗房里的一角有个男人，他就着一盏瓦灯的亮光在缝制东西。

陈旧磨破的榻榻米上铺着干净的席子。男人端坐在席子上，粗壮的膝盖边散落几块不同花色的碎布。男人身旁有个八岁小女儿，裹着夜着，发出安稳的呼吸声。

男人缝的是给小女儿玩的小布包。男人旁边有个盛红豆的小笊篱，每当用碎布缝好小袋子，男人那粗壮的手便掬起红豆装进袋子里。他留意着袋子大小和重量是否适合年幼女儿的手，如此细心地缝制小布包。他本来就手巧，靠针为生。男人的动作极为熟练。

对男人来说，为女儿缝制小布包是一年一次的重要之事。女儿经常玩得很高兴，因为阿爸缝制的小布包是她的宝贝。对婴儿时期就身子虚弱，几乎整天躺在床上足不出户长大的女儿来说，阿爸的小布包是她唯一的消遣。

女儿现在也经常高烧不退。常去看病的那位医生很亲切，温厚的他曾担心地说，这孩子怕是无法长大。但是到底能活几岁，他也不敢保证。

——天生带病来的。

医生同情地告诉男人，即使可以用药压一时，但也无法根治。

可是，男人却告诉医生，不实际养的话不会知道结果。我和死去的孩子她娘约好了，要把孩子平平安安养大，因为这孩子是她用命换来的。不管花多少钱都无所谓，请你给她最好的药，请医生尽力医治这孩子……

男人缝着布包，嘴角浮现微笑。夜渐深了，但是男人知道还有时间。等这几个布包缝好了，正好就可以出门吧。

三

“那起强盗案，对，是在五年前的神无月发生的，记得是十日前后的晚上。”

对着第三瓶酒瓶和老板，捕吏开始诉说。

“那个案子就发生在我的地盘。猿江的幕府木材仓库后面，有一家叫远州屋的当铺，被抢走的钱正好十两，那时仅仅是这样罢了。当铺的夫妻俩和一个住宿的小学徒只是被捆绑而已。强盗是个身材魁梧的男人，据说穿着黑色窄袖服和窄筒裤，整个头蒙着黑布。”

“既然是强盗，拿走十两还真是客气了。”

老板说完，吸着烟管。热气混着烟雾。

“我也这么认为，而且，强盗对当铺的人没有动粗。他的确是用刀子威胁当铺的人，但除了这点，据说感觉像是托钵的虚无僧[1]。当铺老板也苦笑地说感觉有点怪。”

捕吏徐徐喝光酒杯里的酒，眨巴着双眼，回想那遥远的过去。

“那强盗，明明闯入了有很多钱和值钱东西的当铺，竟然只是威胁老板，抢走他身边文卷匣里的十两而已。据说没有强抢，也许是担心当铺的人大喊大叫吧。所以我当时认为，这是门外汉干的，大概也是第一次作案。单枪匹马，这点也跟一般的强盗不同。这家伙是正派的人。正派的人基于某种原因需要钱才干的。我还认为，搞不好就这次而已，他大概不会再干了。”

“所以头子才没有认真调查？”

---

[1] 普化宗僧人，戴着深草笠，吹着一种名为尺八的箫，到各国巡回。

老板语带笑意问道。捕吏也不禁笑了。

“也许吧。结果，终究没能抓到那强盗。”

捕吏倒着酒。酒所剩不多。老板熄了烟管，将纳豆汤端到火上。

“不过，那时我心里惦记着一件事，就是他的手法太漂亮了。他打开厨房后门的锁，在陌生人家中，而且是在没有亮光的屋里畅行无阻，站在老板夫妻俩的枕边……事情就是这样。这家伙肯定对当铺家里的格局非常清楚，也许是熟人干的。我一这么说，这回换当铺那边的人脸色发青了。大概深入调查的话会查出问题来吧。老板甚至向我行贿，说是反正也没抢走多少钱，要我就此结案。”

老板又默默地微笑。他没问捕吏到底有没有收下贿赂。

“所以我也就忘了这件事。”捕吏继续说道，“只不过十两，而且是当铺的十两。很快就忘了。三年后，我才又想了起来。”

酒瓶空了。捕吏用筷子将盘子里的鲨鱼皮鱼冻全吃光。

“不喝了。”捕吏说道，又眨巴着双眼仰望墙上的年历，“三年后的岁末，我为了要私了一件小窃案，跟神田的一个捕吏见面。由于原本就知道彼此，所以问题很快就解决了。之后，我们闲聊了一番，对方突然说出一件事。他说，神无月时，猿乐町一家荞麦面铺发生了一起很怪的窃案。问过之后，手法与三年前当铺那个案子如出一辙：单独一个人闯入的魁梧男人、头蒙黑巾、对屋里的格局非常清楚、没有强行抢夺金钱。听说，这次他拿走了八两。”

老板将纳豆汤舀到碗里，与白饭一起搁在捕吏面前，之后又添上一小盘咸菜梗，说是腌得还不够入味。

“谢谢。看起来很好吃。”

捕吏拿起筷子，呼呼地吸着纳豆汤。

“结果头子想起来了，”老板说道，“可能跟三年前的窃案是同一个家伙。”

捕吏脸埋在碗里点着头，热气让他的鼻头泛着光。

“我觉得很奇怪……与其说奇怪，还不如说是很在意。到底是什么样的家伙？于是调查了一下，在神无月是不是还有我不知道的同样手法的窃案。”

“结果是有啰？”

“是的，真的有。而且不止这样，在我地盘的那家当铺并不是第一个遭窃，而是第四个。在那家当铺之前，有三起同样手法的窃案，也就是说八年前就已经开始了。从八年前起，一年一次，总是在神无月发生跟我见过的手法一模一样的窃案，抢走的钱也总是在五到十两之间。这个数目既不会让对方感到勉强，也不致构成威胁，是被抢的人家马上就能拿得出来的金额。而到手之后，逃离的手法也一样。”

“是不是他不贪心？”

“我也这么想。被抢的那一方，损失也不大，这样一来，就可以降低被通缉的危险。”

老板也嗯、嗯地点头表示同意。

“而且从这点看来，那家伙是个正派的人。如果是为了赌博或寻花问柳而行抢，应该会狠狠地干一票，抢的数目也会逐年增多才对。”

“可是，这家伙不同。”

“嗯。我想一定是这样的，先做好计划，再像例行性活动那般年年付诸行动，这绝对不是那种火烧屁股的废物做得到的。”

捕吏又赞叹这家伙很聪明。

“他选定的目标，都巧妙地分散在各处。有时是大川那边，有时是这边，有时南，有时北。因此没有人察觉这之间的关联。”

捕吏轻轻地摇头。他不是针对老板摇头，倒像是对着另一个人摇头似的。

“只是，他从未越过府内，是个不出远门的家伙。这点也很奇怪。我深深觉得，这个家伙是正派的人。他不能出门太久。”

四

布包缝了五个。

年幼的女儿睡得很熟。男人收拾好针线盒，剪了瓦灯灯芯把火弄小，悄悄起身开始准备。

八年前，当他得知要保住女儿的性命就必须比一般干活赚更多钱时，便下定了决心：既然如此，就用其他手段筹钱。

其实他不想给人添麻烦。可是，当有人要你抉择，而且是攸关孩子的性命，便没有时间迟疑了。

到目前为止，都是靠这个手段解决问题的。那个决心很正确，而且他也不后悔。

只是……

去年非常不妙，差点坏事。如今回想起来，仍感到揪心。

对方要是不那样突然冲上来，也就不用刺对方了。

很恐怖。那种事绝对不能再发生。八年来他第一次感到胆怯，心想，这种冒险的事，或许无法再继续了。

今年稍微多带一点钱回来好了。

可以的话，最好是够往后几年都不用再做的数目。

五

“直到去年发生那件事之前，我也认为可以不理会这个神无月怪盗。”

捕吏吃光白饭和纳豆汤，跟着老板抽起烟管。

“这家伙像匹口中衔着嚼子的马，自己握着驾驭的缰绳。在不伤害人的情况下，抢走自己需要的钱。他只要不犯下大案，往后大概也不会被捕。不，也没必要特意抓他。我认为这家伙是需要钱才做这种事，哪天要是不需要了，大概就会洗手不干。因为他不是靠偷窃或抢劫为生。”

捕吏对静静看着这边的老板露出羞愧的微笑。

“老板都写在脸上了，说我判断错。是的，那家伙去年第一次伤人了。是车坂旁那家放高利贷的，因为那家儿子逞强坏了事。”

老板微笑着说：“不只是这样吧！头子。”

“哦，是吗？”

“就算那放高利贷的儿子胆子不大，那男人只要持续抢劫，迟早有一天会伤人吧！接下来就更不用说了，最后大概会走上杀人的路。我认为世间的道理都是这样的，就像河川一样，时时都在流动，无法停滞在同一个地方。”

捕吏以凝视年历的眼神看着老板。这老板与年历一样，他想——确实长了年纪。

“大概是吧，肯定是吧。”

“是的，头子。再说，去年的事，那家伙应该也受到了冲击，这么一来，今年他或许会多抢一点。”

“为什么？”

“这样的话，往后几年他不就不用再冒险了，或者，这回要是能偷到一大笔钱，也许可以洗手不干了。”

捕吏望着老板，然后说：

“原来如此……”

“当然是这样。所以，他会来硬的也说不定，做出前所未有的危险事。”

捕吏握紧双拳：“那，这样一来，无论如何我都要抓到那个家伙不可。在他下手之前，在他真的杀人之前，我就必须抓着他的袖子拉他回来。可是，我不知道从何下手……”

“没有任何线索吗？”

老板问道。捕吏皱着脸说：

“完全没有。遭抢的铺子彼此没有任何关联。虽然其中也不乏专门做见不得人的生意，遭人白眼的人家，可也有正派经营的人。做的生意各有不同。”

捕吏说到这里耸耸肩、轻轻一笑，接着说：

“对了，倒是有个奇妙的东西，是红豆。”

“红豆？”

“是的。去年他闯入的那家放高利贷，捕吏仔细查了现场，就是这个捕吏告诉我的。抢匪刺伤了那儿子，在他慌忙逃走的地方掉落一颗红豆。放高利贷的说，那时他们家并没有吃红豆，大概是那家伙留下的。”

捕吏仍笑着继续说：

“唉！老板，行抢时会带着红豆的，到底是什么样的家伙？”

六

男人换装完毕，将黑头巾藏在怀里，弯腰注视着女儿的睡脸。

——听着，阿丰。

他在心里默默地说。

——阿爸现在要出门。去那里不会花太多时间，天亮前就会回来。

他伸出手来，感受到女儿温暖的气息。那气息温暖了他的心。

——不会有危险。是吧，阿丰。

男人抬起头望着贴在墙上的八幡宫年历。

神无月。

阿丰，你在这个月底出生。以后无论如何，阿爸都会在神无月月底为你庆祝，庆祝你的出生。阿爸一定会做到。

可是，阿丰，你的运气太差了，为什么会在神无月出生呢？

你知道神无月是什么样的月份吗？那是这个国家的神都聚集在出云的月份，是所有神都不在的月份。

所以你才会带着病出生，你阿母也必须用一条命来换你。因为所有神都不在，没有神守护你们。

阿爸不会怨恨这些神，那会遭天谴。要是怨恨神，会有更不好的事降临。

但是，为了让你幸福，阿爸需要钱。为了筹这些钱，阿爸要做神不高兴的事，要做不能让神看到的事。

所以，阿爸选在神无月，趁神不在的这个期间，为了弥补因神不在而发生的不幸，阿爸要出门。你懂吗？阿丰。

男人悄悄离开女儿的被褥旁，拿起刚才缝好的一个布包朝上抛去，新布包发出悦耳的声音。还剩许多红豆，男人从小笊篱中捡起几颗红豆，放进窄袖服的袖口。

阿丰，月底就用这红豆煮红饭吃，跟每年一样，今年也这样，一定要这样。

没有任何神会保佑半夜出门的阿爸。不过，代替神的是袖口里的红豆，红豆一定会让阿爸平安回到你身边，跟去年一样，也跟之前的一样。

阿爸一定会回来，然后，在月底煮红饭，庆祝神回来，庆祝因为神回来而我们又可以快乐地过一年。

“那，阿丰，阿爸去去就回来。”

男人喃喃自语地说完后才出门。

七

捕吏抽着烟管，老板则在洗碗。不知是不是灯油快烧完了，屋里显得更昏暗。

“我也想过会不会是木匠。”

捕吏对着天花板吐出烟说。

“木匠？”

“嗯。那抢匪对行抢的屋内格局很清楚，所以我才这么想。这家伙可能是木匠，当时曾盖了那些遭抢的房子，或是整修过那些房子。”

“有道理。”老板停住洗碗的手，稍稍想了想。

“遭抢的人家，有刚盖好屋子的，也有去年才整修土间的，所以我一开始就认定是木匠。”

“难道不是？”

“花了很多时间调查，结果还是行不通。”

捕吏砰一声敲打烟管的烟锅将火熄掉。

“就算曾请木匠到家里整修，但请的都不是同一个人，而且被抢的人家也有根本就没有整修房子的情况。”

老板遗憾地叹了一口气说道：

“再说，也不是所有的案子都发生在头子的地盘，查起来很不方便吧。”

“就是说呀！最有可能认真调查的，是去年负责调查放高利贷那个抢案的车坂的那些人。可是运气不好，那个放高利贷的背景不太好，他们似乎宁愿花钱消灾，也不想让人深入调查，案子也就结了。大家认为反正也没死人，没人肯仔细追查。只有我这么激动，太不像话了！”

老板又继续洗东西。捕吏心不在焉地望着天花板。

“总之，真希望抓到那个家伙。”

老板说这话的口气，没有丝毫的厌恶之处。

“真的，不早点想办法不行。当然主要就是刚刚说的，要在他真的动手杀人之前制止他，何况我也担心他的安危。去年那家伙刺伤放高利贷的儿子，顺利逃走了，可是今年不知道会怎样？也许换成那家伙被刺。就算他今年平安逃走了，往后不知道又会怎样。明年呢？后年呢？没有人知道情况会怎样。”

“再说那家伙也会老。”

听捕吏这么说，老板抬起头来，点着头说：

“年历是无情的，头子。”

捕吏朝发黄的年历看去。在那些不起眼的排列文字里冰封着流逝的时光，以这个角度来看，那其实是很恐怖的。

“为什么是神无月呢？”捕吏小声地说道，“为什么每年都是神无月？为什么要挑神无月？我想不通。这跟红豆一样，不是很奇怪吗？”

隔了一会儿，老板说道：“这不就表示，那家伙果然是个正派的人吗？”

“怎么说？难道，那家伙是个只在神无月没钱赚的生意人，为了这个月的生活才行抢？”

“不、不。”老板摇着头，“我的意思是，他知道抢劫是不好的事，却因为有不得不这么做的理由，才去抢劫。所以选在神无月。”

“我不懂。”

“因为是神不在的月份，神看不到的月份。”

捕吏张大嘴巴，接着大声笑了出来。

“这就不得而知了，可是我想不是这样吧！那家伙应该没老实到这种程度。一定是因为什么原因，在神无月比较方便吧。也许因为身体不好才行抢……”

究竟是怎样的家伙？这个疑问在捕吏的脑袋里转个不停。

“头子，”老板喊道，“刚刚你说也许是木匠，这个看法不错。”

“因为他对屋子的格局很清楚？”

“是的。”

“可是，摆明了不是木匠。”

“所以啊，除了木匠之外，还有什么生意有机会知道别人家格局的？”

捕吏皱起眉头说：“我当然也想过各种可能，卖油的、卖鱼的，他们都会进出老主顾家吧？我甚至还想到町医生。医生出诊时会进到人家家里。可是，这些可能全都要落空了，因为找不到一个曾经进出所有被抢人家的人。完全找不到。”

老板耐心地听着捕吏抱怨，接着慢条斯理地说：

“你漏了一个，头子。”

“漏了？”

“例如，榻榻米呢？”

捕吏睁大双眼：

“榻榻米……”

“每到岁末，有钱人家会更换榻榻米吧？至少也会更换草席吧？这时，进出家里的师傅就可以仔细观察屋里的格局。”

捕吏陷入沉思，老板紧接着说：

“如果是开铺子的榻榻米师傅，可能没法随时随地到处做生意。不过，流动师傅呢？有事才雇请的师傅，不就可以南北到处去缝榻榻米了吗？查一下遭抢的人家，在案发之前有没有换榻榻米，你觉得如何？”

捕吏直视老板的眼睛，接着使劲地站起身。

“谢谢喽！希望来得及。”

八

趁着黑夜，男人来到外面。他穿过大杂院大门时，不经意地抬起头望着微弱的月光映照出写着自己名字的木牌。

“榻榻米职　市藏”

男人在夜里疾行，为了一年一度的事，袖口里藏着几颗红豆。

捕吏在夜里疾行，为了能尽快抓到那个不知长相甚至连个影子都没见着的怪盗。

夜已深，两个男人，在夜里飞奔。各自身后的月亮，照亮了没有机会擦身而过的两人的背。

而在深夜的某处，体弱多病的女儿进入了梦乡。

众神，都到出云国去了。

第十一篇 侘助花

一

从刚才就一直闻到香味，原来是加世在煮味噌粥。

用锅子稍稍炒煳细细磨过的味噌，再加水煮成味噌汤，最后放进泡过水的米饭，洒上葱花，接着淋上生姜汁，趁热吃，比任何祛风邪的药都有效。对微烧不退已经不舒服了三天、身子怎么摆怎么不适的吾兵卫来说，是值得感谢的美味。

不知是当铺这一行使然，还是原本个性就适合继承这个家业，吾兵卫凡事一丝不苟，而且细心，在他的努力之下，“质善”的家产和他父亲那一代相较之下已增加了将近一倍。因此，他在去年六十岁退休，将此家业交给儿子夫妻俩，虽然表面上退了下来，但他原本就打算在背地里继续掌控。

可是，褪去“责任”的束缚，恢复轻松的身份之后，身体比意志更不可靠。在此之前，吾兵卫时常夸口自己从未病倒过，最近却连小小的风邪也不敌，而且，还整天在铺子楼上简朴住居里边的房里躺着，让人送饭、送茶水。他向来认为，即使是生病，在病榻上吃东西就是没资格当商人的懒人，想起以前毫无顾忌经常这么说的自己，吾兵卫总觉得很没面子。

或许就是因为这样，当加世端着味噌香味四溢的一人份砂锅食膳进入榻榻米房时，他尽管内心十分高兴，却无法老老实实地显露在脸上。

“我又不是生什么重病，明明就可以跟大家在那边一起吃饭。”吾兵卫不禁说出这种逞强的话来。

加世嫁给他的儿子市太郎已经三年了，至今还没有孩子，不过，两个人感情很好，甚至招致人家说因为感情太好才没办法怀孕。市太郎很清楚父亲那口是心非的性子，加世在夫婿的潜移默化之下，即使吾兵卫说些孩子气的话，她也不会生气。现在也一样，她将食膳搁在吾兵卫被褥旁的矮饭桌上，利落地准备让吾兵卫吃粥。

她绕到坐起上半身的公公背后，帮他穿上棉袍。吾兵卫口里虽然嘟嘟囔囔的，却也乖乖将手伸进袖子。自从这年轻媳妇嫁了进来，因妻子早死，光靠他一个大男人养育市太郎并撑起质善铺子的吾兵卫，此时第一次尝到向家人撒娇的乐趣。

“看来好像有点退烧了？”

加世望着慢慢吃着味噌粥的吾兵卫，一副满意的神情说道。

“早就退了。要是以前，老早就坐在账房的格子屏风里了。”

“那太好了。”加世嫣然一笑，“既然这样，可以让客人来见爸爸了吧？”

“客人？”吾兵卫在味噌粥热气中抬起头来，“有客人找我？”

加世点头说道：“中午过后，招牌铺的要助先生来了，他说如果大老板身体可以的话，想在傍晚时再来一趟。看他好像有急事找爸爸商量，所以我说应该没问题。”

“要助？”

“是。”

“他不是来下棋的吧？”

“不是说等风邪好了再下棋的吗？”

加世说得没错，而且吾兵卫也很期待。

“不是钱的事吧？”

“怎么可能。”加世笑了出来，“对要助先生家来说，在质善的那点生意是不看在眼里的吧。”

吾兵卫也知道加世说得没错。可是，他难以想象，那个要助会遇上困难跑来找自己商量。

“也许有人来跟阿催提亲了。”加世说完歪着头接着说，“对了，我听说，濑户物町一家大批发商的嗣子，很迷恋阿催。”

阿催是要助的大女儿，今年十八岁，是个身材高大又好胜的勤快姑娘。要助有三个女儿，他平常老是说，在她们全部顺利嫁出去之前，他是死也不会瞑目的，尤其是喝醉时，总是一再提起这事。

“亲事的话，没必要找我商量。”吾兵卫说道，“我是个鳏夫，不能当证婚人。”

“那大概还是钱的问题吧。既然是要出嫁，一定会有很多花费。”

没必要再这么猜测下去，当吾兵卫吃完味噌粥正在擦汗时，楼下传来小学徒的喊叫声，说是要助来了。

招牌铺的要助明明已经年过五十，但是矮小的身材上搁着一颗小小的圆头、一双小小的眼睛，像个正值爱捣蛋年纪的小鬼，他总是一副匆匆忙忙的模样。虽然他瘦小得似乎一阵强风便足以将他吹走，却给人适合招牌铺生意的印象，这一点十分有趣。因为他一副可以乘着风飞到半空中，双手叉腰自高处检视屋顶招牌的状况，或修补招牌上面的瓦顶的样子。

质善和要助的第一次往来，算起来约在十年前。当时吾兵卫从也是做生意的朋友那里得知，相生町有个叫要助的做招牌的老板，他的招牌广受好评，恰好质善那时也想换招牌，便请他帮忙，这是两人交谊的渊源。

当时，要助的招牌因细节别出心裁而闻名。例如，由于深夜也会有人上门买药，他便在药铺招牌上使用银箔，透过灯笼的映照，大老远就能看到鲜明的字号；而在贩卖账簿之类的账簿铺招牌上实际挂上一个账本，路过的客人若是翻看，便可以看到里面写着价目表——情况大致就是这样。

可是，接受请托来到质善的要助，却说当铺正好是没法在招牌上下功夫的生意之一，于是，质善的招牌就只是竖立在朴素的仓房三角顶上。据说，太显眼了，客人反而会退避三舍。这一点吾兵卫也表示赞同。

光是这样的话，不过是招牌铺与当铺之间的普通交情罢了，只是，天南地北地闲聊时，得知要助喜欢下棋——不仅喜欢，努力工作从未有过什么兴趣的他，四十过后总算学会下围棋，这是他目前唯一的嗜好，得知这个事情之后，情况就不同了。因为当时吾兵卫也跟要助一样，对五十过后才学会的围棋十分着迷。两人立即成为棋友，每隔十天便对着棋盘互相厮杀。

明神下的一家围棋铺的招牌是要助设计的杰作之一。乍看之下，那只是一块在棋盘上排列木片削成的黑白棋子，再写上大大的“围棋铺”而已。如果只是如此，其他围棋铺前面也随处可见这种类似的招牌。但是，喜爱下棋的人，只要看一眼，马上就知道上面的黑白棋的位置每天都在变换，而且也可以立刻察觉，两军时时处于激烈的对峙局面——正是这样的设计。事实上，要助想在招牌上呈现能够吸引下棋同好的那种对局，吾兵卫也提供了不少想法。

因此，质善吾兵卫和招牌铺要助的交情始终是下围棋的好对手。要助想下棋时，便来找吾兵卫，两人一直下到不会影响第二天生意的深夜，要助才回去——这是长年以来的习惯。吾兵卫退休后，也依旧维持这个习惯。这回，吾兵卫染上风邪之前，两人也下了一盘不分胜负的棋。

如今那个要助，一本正经地，到底想商量什么？

由于吾兵卫还坐在被窝里，来到榻榻米房的要助，显得有些犹豫。

“没关系。”吾兵卫马上说道，“已经好得差不多了。只是，万一传染给你，会影响生意。”

“我壮得很，每天在外面四处奔波吹风的，你别担心。”

吾兵卫退下来之后，要助有时会像现在这样把吾兵卫当老人看。尽管吾兵卫对这一点有些不快，却也会激起他些微的优越感。毕竟要助到了吾兵卫这个年纪，能不能像他过着这般优雅的退休生活还很难说。这点要助也明白，才故意说些讨人厌的话吧。

加世捧着茶点进来，和要助闲聊了两句便退下，要助在榻榻米上端正坐姿，郑重其事地合拢双膝。

“老实说，质善老板，我现在卷入有点麻烦的事。想听听质善老板的意见。”

吾兵卫称要助为“要先生”，要助则一直耿直地称吾兵卫为“质善老板”。由此不难看出要助的老实和固执。

要助平日那肤色暗黑的脸，今日更显灰暗。吾兵卫心想，应该是真的遇上麻烦事了。

就要助本人的说法，他长年在外奔波，目前也是，因此脸和双手双脚早已不是那种晒黑的程度而已，而是近乎鞣皮的颜色。只要见过一次便很难忘记他的脸。

有一次，加世忘了水壶搁在火盆上，将水壶烧焦了。吾兵卫看看慌忙善后的媳妇，又看看烧焦的水壶，觉得这水壶跟什么东西很像，而一边忙着善后的加世，似乎也这么觉得。

接着这两个人几乎同时扑哧笑了出来，他们边笑边说出彼此的感觉，这才知道，原来两人都觉得“这水壶酷似招牌铺的要先生”。要助就是这样的一张脸。

而那张脸，现在正因某种缘故看起来意志消沉。他皱着脸，看来是真的遇上棘手的事了。吾兵卫试着帮他解难。

“家里有什么事吗？”

要助扭扭捏捏地挪动膝盖。

“是老板娘和女儿的事？”

最后，要助一副难以启齿地说：“这也有关……”

吾兵卫笑了出来。“唉！看你这么一脸严肃，我实在是不该笑的，可是你像个相亲席上的姑娘那样低着头，根本没法讲话。到底怎么了？”

不知是不是吾兵卫的笑让要助放松下来，他的眉头也跟着稍稍舒展开来。接着他叹了一口气，像往常那样滴溜地转动眼珠子，他说：

“老实说，质善老板，我有私生子。”

二

吾兵卫脱口而出：“你在外面有女人？”

而要助宛如吾兵卫在质问他“你杀了人了”似的如拨浪鼓般直摇头。

“怎么可能！我发誓绝没有这种事。首先，我这种长相，怎么可能有女人会接近？像质善老板这种有钱人的话，倒还有可能。”

吾兵卫一听也慌了：“你不要乱说话。我家可是有媳妇的。”

虽是许久以前的事，但是要助知道，吾兵卫曾经想娶一个茶馆女人当续弦。这亲事后来吹了，因为那女人另有情人，接近吾兵卫是看上质善的财产。这对吾兵卫来说是痛苦的回忆。

“总之，我完全没有那回事。”要助又补了一句，接着将膝盖往前挪一步，“质善老板，我制作的挂灯一定会画上一朵侘助花，这你也知道吧？”

叫卖荞麦面的小贩或小酒店，为了吸引客人并作为夜晚的照明，会在摊子或铺子前挂上挂灯充当招牌，通常在灯笼纸上直接写上铺子字号或生意名称。尽管写一个字赚不了多少钱，但只要有人拜托要助，他总是一口答应。

然而，通常只要写上字号或“荞麦面”“饭”就可以交差了，但是要助必定会画上几笔，而且每次画的都是侘助花。

侘助别名唐椿，是一种树，开的花像山茶花，有红、粉红、白三种颜色，但并不是随处可见的树。侘助花的颜色明明跟山茶花一样漂亮，开花时却总是悄悄地、孤寂地垂着花瓣，那模样很得偏爱枯寂优雅的风雅人士喜爱，尤其风流雅士很喜欢在院子里种植，而且在俳句里常被用来表示冬季的用词。

“嗯，这我当然知道。那是你喜欢的花。”

吾兵卫曾听说要助打从年轻时便在挂灯上画侘助花。吾兵卫曾问他为什么画那种罕见的花，要助有点难为情地说——

他以前还在招牌铺师傅家学习时，隔着篱笆，住着一对医生父女，那户人家的小院子有一株侘助树。当然，那时要助还不知道树名。

“那町医生的女儿，是个很漂亮的姑娘。可是，我和她的身份太悬殊，根本不可能有所接触。虽然对方看上去也不是什么有钱人家，但毕竟生长环境不同。”

原来年轻时的要助，将医生那经常低着头的清纯女儿，联想成隐在绿叶间的侘助花。有一天他看到町医生的女儿独自在院子，于是鼓起毕生的勇气，与对方搭讪。

“我问她，这花很漂亮，到底是什么花？”

姑娘告诉要助这花叫侘助。又说，虽然没有山茶花的华丽，但这花看起来很宁静，我很喜欢。

那姑娘不久便嫁人了，要助的单相思也就此结束，但却对侘助花有了特殊的情感。之后，他便开始在只需写上呆板字面的挂灯上画起粉红色的侘助花。

“一开始，我是怀着有点甜蜜的情感的。但光是这样的话，大概要不了多久我就不会再画了。可是，我画的带花挂灯逐渐受到欢迎。因为那是十分罕见的花，听说客人看到花会不禁停下脚步。我正是因为那挂灯才有了信心，这才敢独立门户，做招牌生意。所以，就算我已经忘了那个医生的女儿，但仍继续画上侘助花。对我来说，那也是吉利花。”

二十多年来，要助一直在挂灯上画着粉红色的侘助花。认识质善那时，他当然早就这么做了。若有人问他为什么画那个画，对方要是泛泛之交，他便说：

“很漂亮吧，是我喜欢的花。”对方要是像质善这样交情好的客人，他便说出昔日那淡淡的恋情——他向来如此。

然而，事情就发生在两年前，也就是制作浜町河畔一家荞麦面铺挂灯时。

“那老板娘是个大美人。”

所以尽管不是很熟，但因为对方开口问了，他便老实说出为什么画侘助花的原因，美人老板娘一听便捧腹大笑。

“我那时羞得脸上几乎要着火了。”

那老板娘人很坏，竟然每次都让铺子里的客人和认识要助的人看那挂灯，把他的恋情说出去，让客人当下酒菜。

“可是，对方是客户，我也不好生气。”

也有听了老板娘的话来找要助制作挂灯的客人。这种客人总想听要助亲口说出昔日的恋情，而且是抱着好玩的心理。

“连我也受不了，有一次生气了，于是瞎掰一个故事。”

“瞎掰？”

“嗯。我说，我没跟浜町河畔的老板娘说实话，其实真正的原因是这样的。”

因是临时胡诌的，编不出复杂的故事。恰好那时要助的女儿们喜欢读有插图的通俗小说，要助便借用小说里的故事。

“那个故事说的是因为火灾而失散的母女的艰辛，很好看……”

要助便借用小说精彩的地方，随便编了个故事。

“我有个因为火灾而失散的女儿，我相信她还活着。和她失散时，她还很小，但是她知道我喜欢侘助花。所以每次有人找我制作挂灯，我心想要是画上侘助花，也许有一天女儿会看到，便可以和她重逢也说不定，所以才每次都画侘助花。”

吾兵卫在心里暗暗叫好。就要助来说，这故事编得太好了。

“我想，这种故事应该就没有人会再取笑了。可事情没那么简单，对方还是笑着问我真的假的。”

他本来就是个不善于说谎或编造事情的人。要助说，他觉得很厌烦，之后，不论何人、何地问起了，他都绝口不说画上侘助花的原因，而他也始终如此。

“既然这样，那不是很好吗？不懂风流，不尊重别人回忆的人，别理他们就是了。”

听吾兵卫这么说，要助抚摩着后颈点头说：

“质善老板说得很对。那样做的确很好。”

要助像是怕别人听到似的，压低声音如此说道。吾兵卫探出身子说：

“结果，之后又有什么事吗？”

“之后……”

要助又是一副难以启齿的模样，然后嘟嘟囔囔地说：

“如今，我因一时气愤只说过一次的胡诌故事，竟招来恶果。”

“你是说……”

吾兵卫恍然大悟，这就是为什么你说你有私生子的原因？

“是的。”要助一副打心底吃不消的表情，“这是四五天前的事。

有个女人来我家，说她看到那挂灯，并听铺子的人说了挂灯的故事。”

已猜出结果的吾兵卫皱起眉头，要助无奈地点头。

“她说，阿爸，我就是阿爸那个失散的女儿。”

三

前来认父的假女儿，名叫阿雪，二十四岁，是根津神社附近的普通人家。

好不容易风邪好了的吾兵卫替完全没辙的要助前去探访，而那个住家一眼就不难看出是以某种职业为生的女人住处。当然，或许一般人不会视姨太太为一种“职业”。

不巧，阿雪家似乎没人在。扑了个空，令吾兵卫很失望，反正也顺便打发时间，他拜访了邻近的几户人家，套对方的话，看能不能打听出有关阿雪的事，结果大家都说了，而且都是坏话。

纳阿雪为妾的是日本桥那一带的一家大铺子老板，与阿雪的年龄似乎相差很多。阿雪住在老爷提供的住处，前后算算大约有三年了，这期间，她不但不与邻居打招呼，连擦身而过时也从不微笑。她一方面表现出一副不把穷人看在眼里的姿态，另一方面却又若无其事地对邻近的年轻男子送秋波。老爷不在时，她无所事事地到处玩；老爷来时，即使大白天也关上木板滑门窝在家里喝酒吵吵闹闹的。

“她说自己原本是艺妓，可是偶尔从她家里传来的三弦琴声或小曲，难听得真是会笑死人。她肯定是个靠枕头赚钱的艺妓。”

住在斜对面的梳妆铺老板娘，则是张合着鼻翼接着说道：

“那个老爷，大概被色欲迷得昏头了，都一大把年纪了，真是不成体统，太不像话了。”

听说，阿雪总是打扮得很华丽，头上也插着昂贵的梳子发簪，家里有个下女。这些似乎也招来那些邻居妇女的怒意。

总之，吾兵卫认为，纳阿雪为妾的老爷，品味不错。整个住居看上去非常宁静，与其说这是姨太太的住处，倒不如说是退休老人的隐居住所。由于吾兵卫只是在围墙外绕了一圈，不太能看到全貌，但是从屋顶看来，屋里似乎设有茶室。

阿雪究竟为什么要害要助，吾兵卫完全猜不出来。如果只是好玩的恶作剧，实在不可原谅，可是，一个姨太太，真有闲工夫去戏弄一个不相干的招牌铺老板吗？或许她真的有很多时间，但是老爷应该不会让她太自由。

听说阿雪至今两次造访要助。当然，最初那句“我是你失散的女儿”，让不知个中缘由的要助老伴儿和女儿们大吃一惊，家里也因此闹得鸡犬不宁。尽管如此，阿雪第二次造访时，仍提着点心盒，厚着脸皮说“这是给妹妹们的礼盒”，让阿催三姐妹怒不可遏。

——想不通……

吾兵卫望着阿雪家紧闭的大门，在心里默默地说道，又觉得人言可畏。要助仅仅因一时的气愤随口编造的话，不知在何处以何种方式传到这女人的耳里，才惹出今天这场风波。

只因当事人要助对此十分困扰，吾兵卫才自不量力地出面当调停人，其实吾兵卫自己也不知道该如何说服或劝阻阿雪，叫她停止这种无聊的恶作剧。毕竟，他也猜不出对方的用意。

本以为至少先看过她的长相再想办法，不料对方竟然不在家。

虽说姨太太是见不得人的身份，但一个过着富裕生活的年轻女子，不可能企图恐吓、勒索五十出头的招牌铺老板。何况，她提着点心盒来，虽然有点愚弄人，却又有耿直的地方。真是个奇妙的女人……

也许是陷入沉思吧，吾兵卫没有察觉有人靠近，当对方开口搭讪时，他吓了一大跳。

“你是阿爸派来的人？”

吾兵卫转过头去，只见有个穿着显眼条纹衣服、擦着厚厚胭脂的年轻女子，眼珠子朝上看着吾兵卫。女子胸前抱着紫色布包。

这回她说的是“阿爸派来的人”！吾兵卫干咳一声，提起精神。

“你是阿雪姑娘？”

“是的。”

阿雪打量着吾兵卫。

“我是招牌铺要助老板的朋友。老实说，正是为了你那个‘阿爸’的事来找你商量。”

“没什么好商量的。”

阿雪轻快地自吾兵卫身边走过，打开大门，背对着吾兵卫说：

“失散至今，总算重逢。往后我只想孝顺阿爸，只想给妹妹们穿得更漂亮、吃得更好。这是应该的吧？我们有血缘关系嘛！”

吾兵卫挨近阿雪一步：“你应该也知道，那是胡诌的、是随口编派的谎言吧？要助老板很困扰。你又不是过得穷，让那样老实勤劳的一家人苦恼，你到底是什么居心？恶作剧也得有个限度。你能不能适可而止？”

阿雪打开大门，快步走了进去，然后以挑衅的眼神回头看着吾兵卫，态度坚定地说：

“你不要管我，这事跟你无关吧？这是我们家的事。”

“你啊……”

吾兵卫想追上去，但大门几乎就贴着他的鼻尖砰一声关上了。

真是的……

怒气无处可发，吾兵卫只能深深地呼一口气。就在这个时候，从大门的木板缝隙中，吾兵卫看到里面沿着踏脚石直至玄关前的那一带的树丛中，有红色的东西时隐时现。

吾兵卫仔细一看，原来是侘助花。

原来如此，吾兵卫心想。有侘助花也不奇怪，反正是个在妾的住处盖茶室的风雅老爷，院子里种几株侘助树做做样子，一点也不奇怪。

原来老爷提供阿雪的住居有侘助花。

当然这并不表示事情已经水落石出了，但也不能硬闯进去，吾兵卫只得徒劳无功地先回去。

招牌铺一家与阿雪之间的奇妙往来，之后又断断续续持续了一阵子。阿雪偶尔会心血来潮地突然造访要助一家，对要助就像亲生父亲那样搭话，对着“妹妹们”笑。她每次总是提着礼盒来，大方地留下。想让她吃闭门羹根本也没用，无论怎么赶她走，她总是不走，但是，待了一个时辰左右，她又会坐立不安地说“那我下次再来”，然后离去。

要助每次来吾兵卫家都会描述那光景，也每次问该怎么办，但是吾兵卫也毫无对策。之后，他又再度造访阿雪，但她仍然不让吾兵卫进门，不肯听吾兵卫说话。

某天，吾兵卫试探性地问加世。就年龄相近的女子看来，你觉得阿雪怎么样？那女人为什么要这样闹事？

不料，加世的表情十分认真，连只是随口问问的吾兵卫都吓了一跳。接着，加世思索了好一会儿，吾兵卫反倒觉得窘，正打算说“不必那么认真想”，加世总算开口回答：

“爸爸，我不知道。因为我很幸福。”

那时加世是低声说出“幸福”这两个字的，仿佛这样说是罪孽深重。

走投无路的要助，模样有点可怜地说：

“我亲自到阿雪那儿跟她说说看好了。质善老板，你跟我一起去好吗？”这是三个月后的事。

然而，与要助老伴儿和女儿们仔细商量之后，决定视谈判的情况，必要时也向根津那一带的町干部通报，但是要助和吾兵卫到了阿雪家，阿雪已不在了。

里面并非空屋，可以听到一些动静——屋内传出年轻女子的笑声。

吾兵卫试着去跟上次告诉他种种内情、住在斜对面的那个梳妆铺老板娘打听。果然如他所料，老板娘知情。

“那个阿雪被老爷赶走了。”

“赶走……”

“是的，老爷有了新的这个。”老板娘竖起小指，“他有了新欢，现在换她住在那里。”

老板娘接着压低声音说：

“听说，那个叫阿雪的，早就有点不正常，老爷大概也很头痛吧。这事我们完全不知道呢！”

“阿雪姑娘什么时候走的？”

吾兵卫问道，老板娘歪着头说：“我想应该是最近。可能两三天前吧，我也不太清楚。只知道那个人不见了，换别人住进来。这回的女人，甚至带她母亲同住。她们来打过招呼，一副光明正大的样子。就像那母亲当时说的，她说：‘往后我家女儿还承蒙各位照顾。以前那个叫阿雪的，脑筋有点不正常，好像给大家添了不少麻烦，往后请大家多多来往。’”

吾兵卫回头望着那户人家，要助也跟着回头。

“阿雪姑娘什么也没带就走了？”

“大概吧。要是用大板车运走家具，我们一定会察觉。”

吾兵卫两人跟老板娘道过谢，走近那栋不时传出年轻女子兴奋声音的住家。

今天也是大门紧闭。

“要先生，你从木板缝看看。”

吾兵卫催促要助。

“那里面有侘助树吧？”

要助伸长那短脖子，踮起脚尖，总算看到红花，连连地点头。

“那姑娘为什么被赶走？”

吾兵卫如此喃喃自语，要助也自言自语地接着说：

“为什么到我那儿呢？”

“说真的，她到底在哪里看到要先生的挂灯呢？”

“到底在哪里听到我那胡诌的故事呢？”

阿雪到底在这个故事里看到了什么？在她那快要神志不清的脑袋里到底映照出什么画面？

——我只是想孝顺而已。

两人沉默了一会儿。不久，吾兵卫开口了，但是他说的话教人听了很难受。

“阿雪知道她就要被赶出去了吗？”

要助默不作声。其实他也不知道该说什么，吾兵卫也是。

要助再度踮起脚尖窥视大门内，他看到了花瓣垂挂的粉红色侘助花。

“花，快谢了。”

要助低声说了这么一句。

第十二篇 纸雪片

阿银到井筒屋做事时，随身只带着一把剪刀，她打算离开时也只带着剪刀。

她走出老板夫妻俩的房间，先去了厕所。她没有不舒服，只是有那么一会儿双脚抖得厉害。

阿银走出厕所，在洗手钵仔细洗了手。洗手钵的水十分清澈，阿银将手浸到水里，闭上眼睛。岁末的水，冻得手指头都麻了，但她是故意这么做的，她觉得这样可以将手和手指头彻底洗干净。她洗完手之后，撩起下摆，赤脚走到中庭，用手泼出洗手钵里的水洗脚。

若是去井边，或许会遇到其他人。她不想遇到人，干脆在这里把剪刀也一并洗了。泼了水，剪刀刀锋闪着亮光，她觉得那铁锈味仿佛在嘴里扩散开来。

洗完剪刀，中庭的地面已经湿了一大片，白皙的双脚沾满了泥巴，最后她扳倒洗手钵，水哗啦哗啦冲着双脚，白皙的脚指头变得通红，长了冻疮的小趾突然发痒，但是痒得令人觉得愉快，阿银咯咯笑了起来。她边笑边取下披在头上的手巾，擦干手脚，同时也拭去剪刀上的水滴，最后拿着剪刀走上走廊。

接着，阿银快步绕到厨房，从里面支上顶门棍，再怎么推，门也纹丝不动。好，这样就行了。

阿银是井筒屋唯一的下女，这三年来都住在老板夫妇所提供的北边储藏室。阿银慢条斯理地爬上那已有某种感情的房间。阶梯一如往常在第五阶发出嘎吱声，在只有阿银一个人的屋里，那声音听起来格外的响。

老板夫妻俩都是夜猫子，两人都喜欢喝酒，每晚工作结束之后，老板夫妻允许她回房时，通常都是深夜了。白天，就算老板夫妻俩去午睡，她也有很多杂事要忙，根本无法回房休息。所以阿银每天只有两次会踩上这阶梯，听到它发出嘎吱声。早上，仿佛是说："一天又要开始了。"晚上，则像是说："回来了，好好休息吧。"

而此刻那声音听起来似乎在说："阿银，你可以卸下所有的差事了。"

不，还不行……阿银进入储藏室，靠墙坐着，在天窗射进来的微弱亮光下，她说着，还有一件事没完成。

在她那洗得泛白的条纹衣服的两个袖口里，塞满了从老板夫妻那里拿来的东西。这些东西必须处理掉。阿银拿出剪刀。

井筒屋对面的瓷器铺老板这样说道：

“井筒屋下女的事，我不太清楚。我很少跟她说话。可是她好像很勤快，我还因像井筒屋那么刻薄的铺子，竟来了个好下女，而有点不高兴。是吗？那下女叫阿银吗？这么一说，我才想起我连她的名字都不知道。”

阿银用剪刀剪完之后，两只袖口又塞得满满地走出储藏室。要爬上屋顶的话，从隔壁房间的榻榻米房的窗口扶手攀上去是最快的。

去年的台风季节，大风吹走屋顶薄木板，老板夫妻俩不顾阿银的恐惧，硬逼着她爬上屋顶去修理。请瓦匠或木匠修理得花钱，叫阿银做的话，一文钱也不用花，就算摔死了也没关系。

不过，多亏那时，阿银也练出了胆子。也是在那个时候，她想到日后真有那么一天的话，就从这屋顶降下雪花。光是想就令人十分愉快，当时她还雀跃地期待这天的到来。

奇怪的是，打开窗户时，明明吹来的是足以让鼻头冻僵的寒风，但在双脚跨上扶手开始攀爬时，竟丝毫不觉得冷。当她感到好冷哦，是伸长着身子要攀到屋顶，脚下突然吹起一阵风，冰冷地抚摩着她一双赤裸的脚踝和小腿时。

阿银将剪刀留在储藏室，手上什么也没拿。对她来说，爬上屋顶一点都不难。为了不被底下路过的人偷窥她下摆里的风光，于是快快地爬上去。

阿银头上是连一片云都没有的寒冬晴空。

偶然路过的叫卖蔬菜小贩这样说道：

“年轻姑娘竟爬上那种地方，最初，我以为是小猫跑上屋顶下不来，姑娘想救小猫才爬上去，毕竟她的手脚看起来不是很稳。

“可是，我从下面喊‘喂，怎么了’，那姑娘瞧也不瞧一眼。我还以为她不敢往下看，原来不是。

“她好像一心只管往上爬。隐隐约约可以看到她的脚，有点性感。”

阿银爬上屋顶了。

从屋顶上可以看见今川桥。桥畔鳞次栉比的瓷器铺店门前，并排摆着大大小小的罐子。今天看似人很多，毕竟是岁末，而天气又这么好。

阿银仰望天空，太阳似乎就近在头顶上，她眯起眼睛。接着她望向神田渠，以及附近那一大片如波浪的商家屋顶。

远处，不知是谁在焚烧落叶，只见那烟袅袅升空，最后散入蓝天。尽管烟散了，但味道仍留在空气中。有时吹来一阵寒冷的强风，像要吹走屋顶上的阿银似的，有时又突然静得一点风也没有。

没有风的时候比较好。在寒风静止时，我要降下雪花。阿银将手伸入袖口，调整呼吸。

出入井筒屋的和服铺伙计这样说道：

“那天，我不是到井筒屋办事，只是恰好在那附近。第一个发现的是对面的瓷器铺，指着上面说，喂，那是什么……

“是的，我知道那下女的名字，她叫阿银。那姑娘长得很可爱，也很勤快。这时候说人家坏话好像不太好，但是井筒屋老板娘绝不是什么体贴的人，我心想，那下女怎么待得下去？

“我从来没跟阿银直接说过话。跟她搭话时，她每次总是讨好似的轻轻一笑，什么话也没说。

“因此，阿银为什么会这样做，我完全猜不出来。大概是再也忍不下去了吧……”

阿银从袖口拿出细细的纸片，纸片一离手，立即随风飞舞。接连不断。

是雪花。这样降下雪花是我的梦想，如今这个梦想终于实现了。

对着眼下的市镇，随着寒风，阿银不断地撒下雪白纸片。

阿银的父亲，在十六年前阿银出生时，是十轩店本石町“笹屋”酒铺的通勤掌柜。家中除了媳妇阿市，还有个大阿银两岁的儿子。生活虽不富裕，但阿银记得很清楚，阿市曾自言自语地说，那时很幸福。

阿银三岁时，父亲病逝了。是恶性肺病，咳个不停，托人介绍了据说医术高明的町医生，那医生也说没法医治。笹屋虽然很同情阿银一家人，却也束手无策。父亲死后，母子三人马上尝到了人间的疾苦。

死了丈夫的阿市，为了养育两个孩子，废寝忘食地工作。她有裁缝这方面的手艺，而且也有人介绍工作，虽是按件计酬，但是只要工作就有收入。

尽管如此，光靠一个女人家，能做的毕竟有限。她不但要照顾两个年幼的孩子，自己又舍不得吃，而且不眠不休地工作，难怪身体会出问题。阿市患上了眼疾。

阿市为了省灯油，靠着微弱的灯光做耗眼力的裁缝活儿到深夜，那恶果终于来了。最初只是看不清楚，不到半年，便恶化到几乎失明的地步。

这事，阿银没什么印象。她只隐约记得，阿母和哥哥有时会彼此拉着手哭泣。

一家人的生活越来越拮据，阿银六岁那年冬天，过几天就是除夕的岁末，屋顶上积着皑皑雪花的某天，阿市带着两个孩子自杀了。

是的，那天飘着雪——

阿银不停地挥着手，在天空撒下雪白的纸片，心里这么想着。

一辈子都忘不了。阿母和哥哥死的那天，正是这种白皑皑的大雪天，所以我才一直想要在某一天，像这样从井筒屋的屋顶飘下同样的雪花。

眼下路上的行人，似乎骚动了起来，他们指着这边，或喊或笑。看，他们那吃惊的样子；看，不管是这张脸还是那张脸，个个睁大眼睛，嘴巴张得老大。

大家看吧，这是井筒屋的雪花！

阿市在食物里掺了老鼠药，打算自杀。年幼的阿银因吃到药的苦味不愿吃，反倒救了她一命。但是下定决心的阿母，以及虽是孩子却也能理解母亲心情的哥哥，两人终究一起踏上了黄泉。

只有阿银一个人活下来。

阿市的姐姐，也就是阿银的姨妈，若不是她说反正是孩子多的穷人家，再多养一两个，情况再坏也不过如此，爽快收养了阿银，否则阿银大概也会步上母亲和哥哥的后尘。那年冬天非常严寒，而且很长，就一个六岁小孩来说，根本无处可去。

住姨妈家的那段时间，阿银从姨妈口中得知母亲为什么会走上绝路。原来并不是只是生活困苦而已，母亲当时也为借款所苦，若不还清借款，两个孩子就会被卖到私娼妓院——阿银这才知道，母亲当时被逼到这种地步。

阿银知道今川桥桥畔放高利贷的井筒屋也是在这个时候。

“阿银，你阿母啊，”姨妈怒声说道，“最初，为了医治你阿爸的病才向井筒屋借钱，好让你阿爸得到医术高明的医生治疗。可是，你阿爸过世了。但是借款又不能不还，而且还得加上利息。那利息一直在增加，最后终于压死了你阿母。”

你阿母会带着两个孩子自杀，大概是认为，如果把孩子留下来，井筒屋也许会抓走两个孩子，当成是借款的抵押品卖掉——姨妈噙着泪说道。

“说真的，我收养你时，那个井筒屋的无情老板，还说要把你送到其他地方做事，用你的工资还钱。虽然最后摆脱他，但是他真的很固执。那个人面兽心的家伙，总有一天会遭到天谴。”

姨妈虽然好胜却很体贴，她没对阿银说，为了收养阿银，她跟井筒屋如何谈判又吃了多少苦，她没跟阿银说这些讨人情的话。然而，即使姨妈什么都没说，随着阿银的长大，她也开始考虑自己的处境了。

无论如何都要报答姨妈，总之，这点最重要。十岁起，阿银便帮人带小孩，赚的钱全交给姨妈。她自己什么都不想要，她认为自己活着只有一个目的。

为什么我一个人活下来了？

那不是表示要替阿母和哥哥报仇吗？为了报仇，神才让我活下来。阿银抱持着这样的想法，一天挨过一天。

接下来，为了报仇，她必须找机会接近井筒屋。这事一点都不难，只要去当下女就行了，只要等待这个机会就好了，反正井筒屋也不会跑。

不过，在这之前，要尽量报答姨妈的恩情。阿银一直怀着这样的想法努力做事。就这样，阿银十三岁那年，难得的机会来了，听说井筒屋在找供宿下女。

阿银辞掉当时鱼铺的工作，并写了一封简短的信给姨妈。她在信里感谢多年来的照顾，将手边的钱和剩下的工资，连同这封信，托熟人送到姨妈家。她完全没透露日后有什么打算，也没透露要到井筒屋工作。她认为要是姨妈知道了，一定会阻止她，再说，她也不想给姨妈添麻烦。

姨妈和她的小孩，从来没有亏待阿银，也从没刁难她。她也认为，就这样一直待在这个家，应该可以平安无事地过下去。

可是，对于一家人自杀侥幸活下来的阿银来说，这种活法，这种生活，没有任何意义。

阿母其实想带我一起走，可是我却活了下来，这只是表示，我得到了报仇的机会而已，除此之外，我活着没有任何目的，也没有任何意义。

早日报了仇，再到阿母、阿爸、哥哥那儿，快快乐乐地在一起——阿银心想。

因此，对不知情的井筒屋来说，阿银大概是个求之不得的下女。若是其他姑娘肯定不能接受这么便宜的工资、严苛的生活、唠唠叨叨的老板娘。听说井筒屋的下女都待不久，至今已经换了很多人。而没有半句怨言的阿银，就这么待了下来。直到今天，她一直都扮演着勤快的下女。

阿银进到井筒屋工作，这才有机会看清楚逼死阿母的放高利贷生意的真面目。井筒屋是不拿抵押品的纯粹借钱的铺子，利息当然很高——利息一成。虽然也有为了玩乐，今天借明天还的那种人，也有为了挑担叫卖，早上借了本钱傍晚来清偿的，但井筒屋压榨的对象，大抵不是生意资金周转不灵偷偷来借钱的小商人，而是像阿银的母亲那种穷人。一旦上了井筒屋这条船，便是死路一条，显而易见地，将被载往深渊溺死。

阿银几次认真地想，为什么世上会有放高利贷这种生意？为什么神会允许它的存在？

难道是力有未逮？她心想，因此才安排像我这样的幸存者，要我想办法解决吗？

但是话又说回来，阿银在井筒屋当下女，一边在过着奢侈生活、不把人当人看的老板夫妻底下做事，一边想或许连这种人也有优点。她心想，要是发现这两个人做了什么善事，也许会改变自己的计划，这也是她的祈望。

所以三年——是的，她决定等三年。阿母也是在阿爸过世后，背着借款，撑了三年。所以，也给井筒屋夫妇三年的时间，这期间要是发现了他们的优点，那就放弃降雪花的计划。

然而，遗憾的是，在今年的岁末，期限到了，而且阿银得知一件事。那是前天的事，有个年龄与阿母过世时差不多的女人，出了井筒屋边哭边走。那垂头丧气的背影，阿银看得十分清楚。

为了借款抵押，那人也许不得不卖身，就像阿银的母亲那样，而且也跟阿银的母亲一样，与其这样还不如去死。

阿银想，神啊！佛啊！我已经等得够久了，我想要完成自己的任务，到有家人的那个世界快乐地过日子。

因此，今天，老板夫妻俩吃完午饭去午睡时，她进入他们的房间。

她手上握着刚来做事时自己带来的那把母亲遗留下来的裁缝剪刀……

今川桥上，不知何时聚集了一大群看热闹的人，他们看着撒碎纸花的阿银。最初，他们不知道阿银到底在撒什么，捡拾翻飞落下的白色纸片的人群中，也不知是谁第一个察觉了，总之他们异口同声地说：

“喂，这个，是借据！她在撒剪碎的借据。”

阿银在天空下，撒下剪碎的借据，对寒风的冰冷她已无所觉。

她眼底深处，鲜明地浮现了阿母和哥哥过世时的那场雪，那场皑皑大雪。而且，为了更像那场大雪，她更加使劲地挥舞着手，不断撒下借据碎片。井筒屋夫妇，几乎没有抵抗。他们大概做梦也没想到，那个温顺的下女，竟然在这三年里，一边做事，一边想着总有一天要杀死他们。再说，没想到也是理所当然的。

她先刺杀老板——朝着喉咙。他是个习惯用白眼看人、驼背的粗俗老人，但是身体意外的硬朗，一刀刺进去并没有让他马上断气，反而发出含混不清的声音想爬起来，阿银赶忙再朝他的胸口刺了一刀。本以为这样总算安静了，谁知吵醒了老板娘，差点让她大喊出来。老板娘想逃走时，阿银朝她背部刺去。她断气之前，不断啜泣着说：

“为什么你要这么做？”

阿银没有回答。她在心里反问，那为什么你们要放高利贷？

她知道藏放借据的地方，也知道如何打开藏放借据的文卷匣。住宿下女对老板家的事一般都很清楚。接下来就只是拿出那些借据，让借据变成雪花而已。

阿银不后悔。她认为自己是为了做这件事而生的，她也觉得总算可以到阿母他们的身边了。

对面的瓷器铺老板这样说道：

“那姑娘，当时在笑……”

雪自阿银手中飘下。她手中还有很多纸片。看热闹的人，你们尽管喧闹，但是别过来，让我把这些雪花下完。

不过，就算过来了，要进入井筒屋大概也会很花工夫。因为老板夫妻俩吃过午饭准备午睡时，总是把门窗关得紧紧的，何况今天连厨房后门也闩上了，更是进不来。

这样就行了。我只需要眼前的一点时间，把雪花下完就满足了，到时候任你们在什么时候进来，发现老板夫妻俩亲热地躺在血泊中，也都无所谓了。可是现在还不行。

阿银仍记得以前与姨妈的对话。那是因为想念母亲想得哭了时，姨妈安慰她的话。

“你阿母在一个叫西方净土的地方。”

“西方净土在哪儿？”

“晚霞不是很红吗？就在那里，在晚霞里。”姨妈这么告诉阿银。

所以，下完大雪，她打算等晚霞出来。在这屋顶上等待晚霞染红整个天空，到时候她绝对可以去到阿母他们所在的地方。

到那个叫西方净土的地方。

“喂——上面那个姑娘。”

眼前路上，有个看似町干部的人在喊她。

“你在那里做什么？井筒屋老板夫妻在哪里？”

阿银没有回答，只是嫣然一笑，手里依然撒下纸片。好不容易太阳才西斜，微微染红了阿银的眉眼和消瘦的双颊。

染红了那张泛着幸福笑容的脸。

图书在版编目（CIP）数据

幻色江户怪谈 / (日) 宫部美雪著 ; (日) 茂吕美耶译 .
—北京 : 北京联合出版公司 , 2019.9
ISBN 978-7-5596-2585-4

Ⅰ . ①幻… Ⅱ . ①宫… ②茂… Ⅲ . ①推理小说 – 小说集 – 日本 – 现代 Ⅳ . ① I313.45

中国版本图书馆 CIP 数据核字（2019）第 070248 号

GENSHOKU EDO-GOYOMI
by MIYABE Miyuki

Originally published in Japan.
Chinese (in simplified character only) translation rights arranged with RACCOON AGENCY INC., Japan through THE SAKAI AGENCY and BARDON-CHINESE MEDIA AGENCY.

著作权合同登记 图字：01-2019-1995

幻色江户怪谈
作　　者：〔日〕宫部美雪
译　　者：〔日〕茂吕美耶
责任编辑：楼淑敏
特约监制：潘　良　魏　强
产品经理：杜　思
特约编辑：唐　宁
封面设计：山川制本workshop
封面插图：庄　厘

北京联合出版公司出版
（北京市西城区德外大街 83 号楼 9 层 100088）
嘉业印刷（天津）有限公司印刷　新华书店经销
字数 150 千字　880 毫米 × 1230 毫米　1/32　7.5 印张
2019 年 9 月第 1 版　2019 年 9 月第 1 次印刷
ISBN 978-7-5596-2585-4
定价：38.00 元

文治
wénzhì
微博：http://weibo.com/wenzhitushu
豆瓣：https://www.douban.com/people/wenzhilab/